戴晨志

給年輕學子的致勝密技

力量來自渴望。

在最壞的時代，做最好的自己

（暢銷十年經典改版）

目次
CONTENTS

PART-4

積極主動，小事當大事做

PART-5

等待機會，不如把握機會

〈增訂版自序〉

在挫折中擦乾眼淚，就能看見滿天星光！

戴晨志

坐在書桌前，提起筆，為《力量來自渴望》一書的增訂版寫新自序，心情感觸良多。此時，距離我一九九四年，在時報出版公司出版的第一本書《你是說話高手嗎？》，已經有二十二年了。

在此二十二年中，我曾在世新大學擔任口語傳播系創系主任四年，而後離職，成為專職寫作者、演講者，而前後出版了逾五十本書，演講三千多場次。

回首這些年，也算是我人生中最黃金的歲月。我，以寫作、演說為生，讓我在海內外不斷的挑戰、學習與成長。

說真話，在寫第一本書時，我哪知道後來我會寫五十多本書？寫出第一本書，心中就很高興了；不過，接下來就想寫第二本書、第三本書……其實，這就是心中的「渴望」——渴望自己更努力、更進步、更有好成績！

有一次在看外國電影時，突然看見字幕中，出現了一句話——「力量來自渴望」；當下，我覺得這句話太好了，於是，我立刻拿出口袋中的筆和紙，在暗黑的電影院中，記下這句話。

的確，所有令人雀躍的突破或偉大成就，最初都源自於心中的一份渴望；有了內心的渴望，人才會有行動與實踐，而讓這份渴望，逐漸美夢成真。

二○○九年九月，我想寫一本給年輕學子看的勵志書，我以我的學習成長故事為主，期待年輕學子不要輕忽每一天的努力；因為只要有渴望，有行動，就能活出自信與堅持。於是，我將此書的書名，定為《力量來自渴望——最壞的時代，最好的自己》。

其實，在定此書名前，我猶豫了很久，難以定奪。因為，我覺得「力量來自渴望」很不錯，但，「最壞的時代，最好的自己」也很好。在難以決定之際，我主動求見當時的時報出版公司董事長孫思照先生，請他指點迷津。

孫董事長是出版界的老前輩，他對書名的掌握，一向十分精準。

「嗯……」思公想了一下，輕輕地說：「就用『力量來自渴望』吧……這個書名，簡潔、有力，又充滿渴求與希望……『最壞的時代，最好的自己』，這句話雖然概念很不錯，但是句子太長、不好唸、不好記，讀者比較不會有印象……」

因著孫董事長的提點與分析，我十分同意他的觀點，於是將書名定為《力量來自渴望》，但也將「最壞的時代，最好的自己」一語，做為副標題。

這本書，因書名簡潔有力，銷售極佳，也常成為我在各地演講時的主題，後來，也陸續出版了馬來西亞版、大陸版。

如今，孫思照董事長已經仙逝、長眠，但他從我的第一本書開始，不斷地提攜我、鼓勵我、鞭策我、善待我，讓我對自己的生命有渴望與目標，也使自己充滿奮發向上的動力；在此，謹再次向孫思照董事長，獻上個人最深的敬意、謝意與懷念。

■「本份」加上「勤奮」，才能成功

台灣女子網球知名女將詹詠然小姐，是一位喜歡閱讀、看書的女孩，她曾看了我許多書籍，並且寫下書中的名言、佳句，重點筆記，帶出國去比賽。

贏球了，當然很開心，輸球了，也不氣餒；她在中場休息時間，拿出筆記，看看幾句激勵的話語，讓自己重振信心與精神，繼續下半場的比賽，也希望能反敗為勝。

我曾送給詠然《力量來自渴望》這本書，她看了書名，直說好喜歡，也說，哇，「力量來自渴望」這句話太棒了，也是她網球運動員的真實心境。

她，渴望進步、渴望贏球、渴望勝利、渴望獎盃……人生有了渴望，才有積極行動，才能使自己脫胎換骨、脫穎而出！假若沒有了渴望，人就日復一日、平淡度日、原地踏步……

也因此，「本份＋勤奮＝成功」。

在接受雜誌社訪問時，詹詠然告訴記者，她很喜歡「力量來自渴望」這句話，所以，她曾經在回家後，在化妝鏡上，用口紅，大大寫上「力量來自渴望」幾個字，以惕勵自己，不放棄、不鬆懈，讓自己愈挫愈勇、突飛猛進！

■三日不學習，腦袋舉白旗

在我閱讀、寫作與演講的生活中，我養成了記錄的好習慣，也讓我的心靈，得到許多的滋養與成長。

就像本文先前提到，「力量來自渴望」一語，是我在看外國電影時，從字幕上學到的一句話，我立刻記錄下來。

另有個聽眾，上台分享時，對大家說：「聽了戴老師的演講後，我學習到——想成功，沒有什麼『right time』，只有『right now』。也就是說，想成功，就要立即去行動，right now to take action.」

哇，這句話，也是很棒，我記下來了！

真的，人的學習，到處都是機會；但是，除非記錄下來，並且不斷運用、說出口，否則，「只進不出」、「只聽不說」，是沒有用的。

「我們不要成為人力，而是要成為人才。」

「三日不學習，腦袋舉白旗。」

「沒有懷才不遇，只有懷才不努力。」

「在挫折中，擦乾眼淚，就能看見滿天星光。」

「吃不窮、用不窮，沒有志氣一世窮。」

「今天的成功，是昨天做了許多正確的事。」……

以上的一些正能量話語，都是我在日常生活中，從閱讀中看來的，或是聽來的；但是，我習慣記錄下來，並在與朋友聊天中，或上台演講中，用自己的風格說出來，與聽眾們分享，也激勵自己，千萬不要使腦袋空空、大舉白旗啊！

■只有勇敢舉手，才會有人為我們拍手

在多次的演講會中，我請問聽眾：「一個人有幾隻手？」

大家都會說：「兩隻手！」

但我說：「不是，一個人不是只有兩隻手，而是三隻手！」

為什麼呢？「因為，從小我們唸書時，老師問，有沒有問題？要不要參加ＸＸ比賽？……我們就要勇敢的『舉手』！」

「同時，我們在遇到老朋友、新朋友時，我們就要開心、歡喜的，伸出手跟對方『握手』……而當我們的朋友、家人、同事，有很好的表現時，我們要很主動、歡喜的為他們『拍手』……」

是的，「舉手」是勇敢、自信、渴望的表現。

「握手」，是結交朋友、友善他人、增加人緣的表現。

「拍手」，是為他人喝采、鼓勵、增添信心的表現。

所以，在一次演講會後，我請台下聽眾主動站到台上來，分享今天在戴老師的演講

會上，學到一句印象最深、最受用的話，或最喜愛的話。結果，有二十多人舉手，衝搶地跑上台來。

其中，第一位男士拿著麥克風，就大聲地說：「今天，聽了戴老師的演講後，我就覺得，我一定要勇敢地站出來，因為，只有我主動『舉手』，勇敢站出來，才有機會讓別人為我『拍手』！」

此時，台下響起了一陣掌聲，為這位男士熱烈喝采。

哇，這句話真是太棒了——**「只有勇敢舉手，才會有人為我們拍手！」**

中國阿里巴巴集團創辦人馬雲先生曾說：

「Today is difficult, tomorrow is more difficult, but the day after tomorrow is beautiful!」

（今天是困難的，明天是更加困難的，但是，明天過後，會是美好的。）

在經濟景氣與社會大環境如此不好的時代，真的，求學、求職、就業、生活，時常都是十分困難、挫敗與沮喪的。但，明天過後，每個人是否都會是beautiful、美好的呢？那也不一定，必須看每個人的態度與行動是如何？

想要將來的日子是亮麗與美好的，在學習過程中，我們就必須有——「渴望、目標、自信、專注、自律、堅持」的正向態度。

因此，值此最壞的時代，我們只能用更陽光、更積極的態度，來面對自己的人生！因為，只有充滿鬥志，加上持續不斷的熱情與行動，才能打敗挫敗與危機，進而享受成功的果實！

〈初版自序〉

再黑暗的地方，都有蘑菇努力成長！

戴晨志

在暑假期間，我帶孩子到美國東岸旅遊，到了紐約、華盛頓、波士頓等地開車自助旅行。在波士頓時，我們特別前往哈佛大學，參觀世界知名、一流的學府。

當我們還沒到哈佛大學時，即將升小六的兒子向女兒提議：「柔柔，我們到哈佛大學時，我們可以在校園裡玩棒球！」

「啊？……在校園玩棒球？不行啦……會吵到別人啦！」即將念小五的女兒不安地說。

「怎麼會吵到別人？……不會啦，現在是放暑假耶！」兒子說。

「放暑假？……放暑假也會吵到人家上課呀！難道……難道他們不用上輔導課

嗎？」女兒一臉認真地說。

哈佛大學，是一所世界頂尖的大學，年輕時的我，成績不好念不起。可是，人到中年，我特別帶孩子來了一趟哈佛之旅。暑假，他們沒有輔導課，那是台灣國中、高中的玩意兒；不過，暑假期間，他們有暑修班，也有許多來自世界各國的遊學團，以及遊客來參觀。哈佛，沒有校園，我和孩子們拿起手套，在寬敞的綠地草坪，玩起了棒球。

此時，我想起了我在馬來西亞看到的一句話——**「孩子喜歡去好玩的地方，但，他們只留在有愛的地方。」**（kids go where there's excitement, but they only stay where there's love.）

結束佳音電台的訪問，我開車離去。經過建國南路高架橋下的「陽光加油站」，我停下車，順道加個油。

「歡……迎……光……臨……」迎面而來的是一個男服務生，他頭頸上吊掛著大白紗布，肱著左手，顯然地，他的左手受傷了。「請問……加……什麼油？」這服務生講話速度緩慢，而且舌頭像是短了些。

「九五加滿。」我看著這大男生，用右手轉開油蓋，再用右手慢慢地拿起油槍，放進加油孔。他走了過來，問我：「請問……要刷卡……還是付現？……」

我沒講話，把信用卡和統一編號拿給他。平常，我都在順路回家的景美附近加油，很少在此雇用殘障者的「陽光加油站」加油。

當油加滿了，油蓋轉緊後，這左手肱著、頭頸吊掛白紗布的大男生，緩慢地把帳單拿給我簽名，再把打好的發票和信用卡一起交還給我。

這時，我的車窗尚未搖起，這大男生低側著頭靠近我，直覺上，我感到一些壓迫，不知道他想幹什麼？**他，用有點漏風的舌頭，遲緩地對我說：「先生……你車上……有沒有垃圾……你拿給我……我……我可以……幫你拿去……丟掉……」**

我愣了一下，像觸電般，腦中白了兩秒，才回過神，對他說：「喔，不用了，謝謝！」

我踩著油門離開，眼眶也紅了起來。大男生，謝謝你！我在國內外開車二十多年，加了無數次的油，但，你的這句話，卻是我所聽過，最溫馨、最令我感的一句話；因為，

你是第一個主動說——「想幫我把車上垃圾拿去丟掉的人。」

最近，南台灣經歷了莫拉克颱風帶來的「八八水災」，造成了空前的大災難！在災區，受難民眾正悲慟、勇敢地站起來、努力重建家園。但，只要有愛、有心、有勇氣、積極創造，我們都能讓自己活得更堅強。

就像在台北舉行的二〇〇九聽障奧運會所傳遞的信念一樣——

「一個人的力量很小，一家人的力量很大。」

「只要用心，什麼都能成，你就是力量！」

我們，都不能怕黑，因為——「再黑暗的地方，都有蘑菇努力成長！」

（初版自序，寫於二〇〇九年）

只要找到路，就不怕路遙遠

所謂「好運」，
就是當機會來臨時，
你已經做好萬全的準備。
心中有渴望、有行動、有堅持，
連老天都會幫助我們邁向成功！

當我在美國威斯康辛州唸碩士時，大家都爭上電腦課，因那時電腦才開始興起，要選修到電腦課很難。上第一堂課時，我提前到達教室，也看到任課教授和其他同學也陸續抵達。

這教授一直站在教室門口，我有點納悶，他笑嘻嘻地站門口幹什麼？可是，等到上課鐘聲一響，教授就把門關起來，做什麼？清點人數！看看到達教室的學生總共有幾個人？還有多少空缺名額？

遲到、還沒來的，通通不准再進來選修上課，這些名額，只留給已經在現場等待候補選課的同學。

不久，有些同學遲到幾分鐘，匆忙跑進教室，想來上課，可是教授冷冷地說：「對不起，你遲到了，你的上課資格已經被取消了；因爲，剛才你遲到、你不在教室裡，你視同棄權，我已經把你的名額，讓給其他同學了！」

「可是，教授，我有事，我只遲到幾分鐘而已啊！」同學苦苦地哀求、懇求。

「不，不，你遲到了，沒有任何理由，你的資格已經被取消了！」教授毫不留情面地說。

氣嗎？恨嗎？鬧嗎？都沒有用！在美國大學裡，教授有絕對的權威，他可以自訂規矩。況且，是你自己遲到，能怪誰呢？

當我們看重某一件事、心中有渴望時，我們就會把它放在心中最重要的地方，我們也就會「早到晚退」。可是，當我們不看重那件事時，我們就會「遲到早退」。

我們的用心在哪裡，手腳的行動力就在那裡！

老闆的關愛眼神，絕不會落在一個經常「遲到、早退」的人身上啊！用心付出、認真看待，絕不遲到，老闆才能看見你的用心和表現，幸運之神，也才會降臨在我們身上！

中國阿里巴巴集團創辦人馬雲先生，曾受邀到聯合國，在一場聚會中演講。他說，他在十二歲時，就開始喜歡上英語，每天都不斷地自信、自學英語，從不間斷。

後來，他更想到一個學習英語的好方法——每天早上五點，天還沒亮，他就騎著腳踏車四十分鐘，到杭州的酒店門口。

因爲，酒店每天都有許多外國人，只要遇見外國遊客，小小年紀的馬雲就會主動地找他們聊天、講話，並表示，願意免費帶他們到市區或西湖等景點免費導覽。但是，馬雲說，免費導覽的交換條件是——請外國遊客教他講英語，用英語與他交談。

這，就是想要成功的「渴望之心」，也是「創造機會、主動學習」的成功特質。

所謂「好運」，就是當機會來臨時，你已經做好萬全的準備。

心中有渴望、有信念、有行動、有堅持，連老天都會幫助我們邁向成功啊！

「專注，決定勝負！」

「專注於一，才能拿第一。」

「每天叫醒我起床的，不是鬧鐘，而是我的夢想。」

成就自我　教戰守則

香港華人首富李嘉誠先生，小時候自潮州逃難到香港，家境十分清寒、貧困，父親也因染上肺結核而過世，所以，他在十四歲時，就自力更生，外出自己尋找工作。

李嘉誠先生很喜歡唸書，就把打工的錢，拿到舊書店買書、閱讀。他說：「想要出人頭地，學習是唯一的武器；只有通過勤奮的學習，才能通往人生的新天地。」

也因此，李嘉誠先生說，他每天都要把握機會，多學一點——「要自學、偷學，更要搶學。」

● 人生要勤奮，更要自律

自己的專業，必須一點一滴不斷地累積。不管是馬雲先生，或是李嘉誠先生，成功者的特質就是要勤奮學習；同時，也要有一顆自律的心，自我嚴律，絕不隨便、懈怠。

●要先相信自己，別人才會相信你

心中有了必勝必成的信念與渴望，也相信自己可以做到，持之以恆，生命必能走出一條光明道路。假如，自己都沒信心、也沒行動，別人如何會相信我們？所以，「路，只有一條，叫做勇敢跑下去！」

●要隨時把握零碎的時間，充實自己

我們每個人的時間，都是一天二十四小時，但有些人有積極的心與行動力，他們的學習力就會更強。所以，「只要找到路，就不怕路遙遠。」知道自己的目標，保持旺盛的鬥志，就能夠創造生命的驚奇啊！

最壞也不過如此
天無絕人之路

在困境中，
抱怨沒有用，一切靠自己！
在逆境中，
要自力更生、勤奮工作，
千萬不能「死不做」！
假若心靈熱情不再，
我們可能就會被打敗。

一天早上，天氣晴朗，我開著車子，想到植物園跑步、運動。

車子在車道中前進，突然看到前方的那輛車——天哪，是一輛簡易型的踩踏板車，車上塞滿了資源回收物；有紙箱、廢油桶、大塑膠袋、廢紙板……琳瑯滿目，幾乎把能塞、能掛、能吊的，全都充分利用、塞滿了。

這些塞爆的回收物，比原先的踩踏板車，體積大了三、四倍，我從後面看，只能看到兩個露出來的小輪胎。

這條道路，是雙向各一車道，而這輛龜速的踩踏板資源回收車，已佔滿整個車道，而我又不好意思按喇叭；我深知，踩著這輛超大回收車的人，一定是個窮苦人家，而車上裝了這麼重的東西，怎麼可能會踩得快？

於是，我靜靜、慢慢地跟在這車後面，不敢驚擾或驚嚇到這車主。

後來，前方紅綠燈變黃、變紅……我確定前方不會有來車，我才慢慢地將車子，從左方緩緩地前進、超越。

說實在的，我不知道踩踏著此車的人，是男、是女？是老年、或中年人？……當我的車緩慢地超越時，我往右邊一瞧——天哪，是一位年紀約逾七旬、穿著紅色上衣的老阿嬤耶！

我從後視鏡，看到她憔悴、消瘦、勞累、疲憊的臉龐，雙手很努力地「推著資源回收車」。眞的，車上雜物太多了、太重了，她一定踩不動，她幾乎是「用腳走、用雙手用力地推著」回收車前進。

在紅燈前面，我再轉過頭，向可敬可佩的老阿嬤拍了一張照片。她或許清晨四、五點就起來工作，她累了，臉上沒笑容，但很努力的工作、付出，來賺取微薄的金錢。

我不知道這老阿嬤是否有家人？是否有待照顧、病痛的老伴或子女、子孫？我只看見一個在清晨七點，認眞、勞碌、或是忍住身體痠痛，也要努力、辛勞地工作的老阿嬤。

此時，我想到——

「有些年輕人好手好腳、腦袋聰明，卻整天遊手好閒、無所事事，就是『死不做』；

但有些貧困的人，沒有祖產、沒有好的身家背景，卻毫無怨言，每天辛勤努力工作地養活自己，而『做到死』。」

看到這年邁的老阿嬤，用矮小身軀與雙手，用力走推著龐大的資源回收車，眞是令我感動；我在車上靜靜地拍下這一景，也謝謝這位令我敬佩的老人家，因爲您的勤奮，教導了我們——

「在困境中，抱怨沒有用，一切靠自己！」

「在逆境中，要自力更生、勤奮工作，千萬不能『死不做』！」

「最壞，也不過如此，天無絕人之路。」

「假若心靈熱情不再，我們可能就會被打敗。」

成就自我　教戰守則

人生的這一齣戲，有人可能有幸出生在有錢人家，一生不愁吃穿，或是享受榮華富貴；但，也可能出生在貧困家庭，必須靠著自己努力奮鬥，拚命掙錢，才能獲得溫飽。就如同本文中的年邁老阿嬤，她必須靠著自己的勞力，忍住身體的疲倦、勞累、痠痛，來養活自己。

我們的生命無法彩排，也不能再次重來。

我們只能心存渴望、定睛目標、努力向前。

抱怨，沒有用，一切靠自己！我們要有專業，才不會失業！

● **我們不能一直埋怨自己失去什麼？而是必須心存感謝，慶幸「我還擁有什麼？」**

比起本文中的老阿嬤，我們已經幸福很多，也擁有了很多！愁眉苦臉、唉聲嘆氣、怨天尤人……都沒有用；我們只能在惡劣環境中，還心存希望與盼望；因為，「人生充滿希望，去做就對了！」

● 要不斷「自學、偷學、搶學」各項技能、累積專業經驗

每個人身邊總是有學長、老師、朋友、主管、老闆；我們都要抱持著「自學、偷學、搶學」的精神，學習他們的優點、才華，或溝通表達技巧；只要我們有發現力、學習力、專注力、整合力，就可以主動學習他人的專業知識、技巧，或待人處事的態度。

● 人生即奮鬥，千萬別懶惰，別休息得太早

曾看過一則署名「狄更森」所寫的一些話——

「要珍惜當下，把握現在啊！

少年輕狂時，總以為來日方長，

然而轉瞬間，卻已青春不再。

所以，把握今朝吧……」

我們渴望有成就，也在最壞的時代，做最好的自己，這就是奮鬥的人生；我相信，我們每個人都有不同的使命，我們都不能太懶惰，以致早早就放棄我們的渴望與夢想啊！

有心有願 就有力量

正面思考、積極行動；
快樂學習，不怕改變；
帶著自信上場，就能贏得勝利、脫穎而出。

PART-1

01

問題不在難度 而在態度

提早出發，
就能提早到達；
提早開始，
就能提早結束。
養成「勿拖延、
提早行動」的好習慣，
就能讓自己事事順利。

外電報導，俄羅斯的諾夫哥羅德州州長，為了加強州政府工作效率與管理，制定了嚴格的上班制度——無論是誰，如果上班遲到，都將被解除職務，並扣除當月的全部獎金。

這項規定，經州議會同意而確實執行，因州議會代表們認為，連時間都不遵守的公務員，是很難做好為民服務的。

有一天，該州州長剛從外地休假回來，晚上加班處理了大量的事務，隔天上班遲到了一小時。後來，州議會代表們開會決議，解除他的州長職務，並扣除當月全部獎金。

新任州長布拉維諾夫表示，這事件發生之後，所有公務員都嚴格準時上班，州政府辦公秩序，井然有序。

當然，「一遲到，就開除」，是不是要這麼嚴格，真是見人見智；不過，這新聞倒讓我想起一件事——經營之神王永慶先生，在她女兒王瑞華出國念書時，遞給她一張自己的名片，上面寫著：**「秒間一掀，勝任何勇。」**

王永慶認為，在國外念書，冬天很冷，常會窩在棉被裡「賴床」；所以希望女兒有個好習慣——「在一秒的瞬間，就要戰勝貪睡蟲，勇敢掀被，立刻起床！」

真的，我們都會賴床，想多睡幾分鐘；可是，多貪睡一下，可能耽誤了時間，錯過了車班，或上班遲到。所以，以前許多我辦公室裡的助理，上班遲到時，最常說的一句話，就是「我睡過頭了」。也曾有助理對我說：「我爬不起來！」

最近，我的朋友說，他女兒放暑假，每天都睡到中午才起床……天哪，這麼愛睡、貪睡，睡到吃午餐了還不起來？

看了王永慶給女兒寫的這句話，我真的十分感動。

成功人物，一定是很有毅力的，否則，他如何能夠超越別人？

也因此，當我清晨貪睡時，就想到這句話——「秒間一掀」，或是「腳尖一掀」，就是勝過任何的勇氣；趕快起來做事，別再偷懶、貪睡吧！

「好習慣」是上天賜給人們的最好禮物；
一個人的習慣，決定自己一生的幸福與否。

「好習慣」是上天賜給人們的最好禮物。

因為，一個人的習慣，決定自己一生的幸福與否啊！

「掀被」難不難？不難！「起床」難不難？不難！很多事情的「難度」並不高，但想克服它，關鍵就在「態度」。

提早五分鐘起床、提早五分鐘上班、提早十分鐘赴約、提早十分鐘抵達車站、機場；或提早一天完成作業……。

真的，「凡事只要提早出發，就能提早到達」，「只要提早開始，就能提早結束！」

大家一定都看過「賽馬」。在跑馬場的一端，馬兒都是被關在馬閘的狹小空間裡；當比賽一開始，閘門一打開，馬兒就應聲地向前衝刺，渾身賣命地往前衝！

馬兒的眼睛，注視的，永遠只有前方的目標！

前方的目標，既是牠的終點，也是唯一的方向。牠，只管勇往直前，不會去想天氣的冷熱、四周的環境，也不管看台上的鼎沸人聲……

這，才是一匹人人叫好、勇敢奪標的「勇腳馬」，而不是「軟腳馬」啊！

相同地，「秒間一掀，勝任何勇！」這，就是邁向成功的「勇腳馬」。

所以，**「問題不在難度，而在態度。」**我們都要不貪睡，積極行動，向成功的目標「快速飛奔」！

尼加拉大瀑布的豐沛水氣，造成美麗的彩虹。（戴晨志攝）

美加邊界，世界著名的尼加拉大瀑布美景。（戴晨志攝）

成就自我 教戰守則

最新調查顯示，台灣有近三十萬名大學生很憂鬱，擔心自身與家中經濟的問題，也不清楚未來生涯發展；為了紓解壓力，常選擇「睡覺、上網、MSN網路聊天」來打發時間。也因此，很多人說，「台灣最大的危機，是大學生缺乏競爭力」；滿街都是眼高手低的大學生。而外商公司主管們也在一場座談會中說：「台灣大學生在求職面試時的通病是——**超過半數求職者不準時，遲到時也不先打電話通知，甚至遲到後也以各種理由搪塞……而且，面試時缺少準備，不了解求職面試公司的背景，問答中也講不出重點；不知自己的目標、不清楚自己的優勢，也沒什麼企圖心……**」

的確，大學生有許多通病。但，那是別人的通病。你，就是要積極！

「只能早到，不能遲到！」「一定要用心，不能沒有企圖心！」

- 請你把「秒間一掀，勝任何勇」大聲唸幾遍，在該起床、卻想睡懶覺時想到這句話，提醒自己——「秒間一掀，勝任何勇！起床吧，別再貪睡了！」
- 請你把「秒間一掀，勝任何勇」這個故事，講給十個朋友聽，激勵別人勿愛貪睡，要用積極正面的態度，迎向每一天。
- 「提早出發，就能提早到達；提早開始，就能提早結束。」養成勿拖延、提早行動的好習慣，就能讓自己事事順利、不延誤。
- 每天都要有自己訂定的目標。不斷累積「小目標」，才能成就自己生命中的「大目標」。

02

心不難 事就不難

一天走一萬步，
連續走一星期，
就可以謀到一份工作，
很困難嗎？
困難的是那一顆心。
只要能持之以恆地去做，
有恆心、有毅力、不放棄，
就能逐漸接近夢想呀！

在世新大學當口語傳播系主任時，我總會在新生訓練時告訴大一新生們：「以後你們大家畢業之後，如果找不到工作，可以來找我，我一定幫大家找到一份工作。」

此時，台下學生莫不拍手叫好！可是，我繼續說道：「但，先決條件是——請你告訴我，你寫了四年日記！只要你敢跟我說，你在大學四年之間不間斷地寫了四年日記，那我佩服你，佩服你的堅持和毅力，我一定會憑著我的人脈，幫你找到一份很棒的工作。因為，你是一個有恆心、有毅力，肯為自己的目標努力不懈的人……」

不過，我告訴各位——「直到現在，我曾教過許多學生，都已經畢業了，但，沒有人敢來找我請代為找工作。」為什麼？因為，大部分人是沒有恆心和毅力的。

或許有人會說：「戴老師，四年太長了，三年好不好？兩年好不好？……」好，就算兩年好了。可是，對一個「沒有心」的人，不要說兩年，連「兩個月」恐怕也都很難。

王品集團戴勝益總裁是一位成功的企業人士，擁有數十家不同品牌的餐飲公司；

他經常推廣「每日走一萬步」的健身活動。戴勝益總裁不打高爾夫球、不應酬，卻要求自己——不管再怎麼忙，他的計步器一定要走到一萬步才休息；甚至連出國搭飛機時，他在機場也不斷地來回踱步、走路。在飛機上，他也在狹小的機艙空間裡，不停地踏步。空服人員看到他一直踱步，以為他「是不是神經有毛病」？

可是，這就是他的目標、他的信念、他的積極行為。

戴總裁在演講中說，曾經有朋友推薦一個美國回來、念休閒餐飲方面擁有碩士學位的年輕人，想到他的公司來謀一份工作。戴勝益對這個年輕人說：「可以啊，要來我這裡工作很簡單，你只要去買個計步器，然後每天走一萬步；只要你持續一個星期，我就錄用你！」

你猜，結果如何？戴勝益說：「一個星期過去了，這個年輕人後來一直就沒有來找我。」

一天走一萬步，連續走一星期，就可以謀到一份工作，很困難嗎？應該不困難！困難的是那一顆心——「一顆懶散、沒有毅力、沒有堅定信念、不願克服困難的心。」

所以，寫日記、寫部落格也是一樣，每天寫一篇二、三十分鐘的日記難不難？說難是難，說不難就不難！只要有心，哪有什麼難的？因為——**「心中有個大目標，千斤重擔我敢挑；心中沒有大目標，一根稻草折彎腰。」**

每天挑「一件事」來寫，就可以啦！每天寫一張三百字、六百字稿紙的事也可以呀！

一個人，**「心不難，事就不難呀！」**

很多人每天可以在電腦網路上，耗兩、三小時，或不停地以MSN和人聊天，可是卻不願靜下心來寫個「學習心得」，或「一日省思」，或寫下一段好話、好觀念、好心情……

當然，寫日記沒什麼了不起，也不一定是必要的，但，這件事可以看出一個人的內在性格——「是否有決心、恆心、毅力？」

至於寫日記的方法和寫法，我在拙作《戴晨志教你贏在作文》一書中，有詳細的

用發現力的眼睛，仔細觀察我們週遭的人事物——
好的故事，用心收集；好的文章，開口朗讀……

陳述和說明。

其實，寫日記也是一種訓練——訓練自己的省思能力、訓練自己的觀察能力、訓練自己的文筆描述能力……

我們要讓自己擁有一雙「有發現力的眼睛」，用眼睛去發現四周事物、用腦袋去思考真偽是非、用筆去描述記錄原委，也用嘴說出自己的所見所聞……這樣，你就是一個很棒、很有才華、很有見解、很有思想的人了！

成就自我 教戰守則

有一個資源回收場，附近住了幾位單身的拾荒老伯伯。在他們破舊的矮鐵皮屋門口，在新春時，都貼上了紅色的春聯。這些紅春聯，從字跡上看來，應是他們自己寫的。其中一家，左右聯寫著：

「年年難過年年過，處處無家處處家」，橫批是「平安便是福」。另一家的左右聯寫著：

「說什麼新年舊歲，還不是昨日今朝」，橫批是「少來這一套」。

人老了，年，一年年地過，心境是悲、是苦、是酸、是無奈，還是樂天知命……

可是，你知道嗎——**「今天的我，是昨天的我所造成的；明天的我，是今天的我所造成的！」**

明天，我們想要什麼樣的我，今日，就必須用心、盡心、盡力地去打造。一個人，沒有目標、沒有毅力、沒有堅持，就不可能有好未來啊！

然而，只要有目標、有行動，就能逐漸接近夢想呀！

●你可以每天靜下心一小時，思考一天的自己——哪些事情最值得記下來。不要記流水帳，每天記寫一兩件重要事，寫下心得，靜心反思自我。

●想要有一雙「發現力的眼睛」，就要仔細觀察我們週遭的人、事、物。有好的話，寫下來；有好的故事，用心收集，說給別人聽；有好的人，多給一些鼓勵；有好的文章，開口朗讀……

●每天找一句好話，加以背誦；例如——

「不能改變生命長度，但要創造生命寬度；
不能改變天氣，但要改變自己的心情；
不能改變容貌，但要展現自信笑容……」

●找到自己的興趣、或最想努力的方向，持之以恆、十年如一日地去做！有恆心、有毅力、不放棄，就一定有好成績秀給別人一起分享！

03 正面思考是唯一的出路

成功不是靠能力，
而是靠毅力；
成功不是靠學歷，
而是靠努力！
想成功就必須投入，
空想沒用，
積極去做吧！

說真的，我的成績一向不好！考高中時，參加中區聯考，只唸第三志願——台中市私立衛道中學。我還記得，我是民國六十六年從衛道中學畢業的，可是，當時我的「英文、數學」成績，都不及格。

其實，唸高中時，我自己對未來也是一片茫然，不知道以後要唸什麼科系？我只知道，我對物理、化學、生物都不懂，也沒啥興趣，成績更差，所以，我就放棄「自然組」，轉唸「社會組」。

可是，我的歷史、地理成績也不好……唉，我沒有哪一科是好的，所以當時想乾脆去唸美術系好了！於是，我每天利用午休時間，到美術教室去練習「畫素描」，希望能考上一個「學科成績不用太高」的科系。

就這樣，我每天一個人在美術教室裡，畫石膏人像素描，看著光影變化，畫出黑白的碳筆人像，然後再請美術老師加以指導……別的同學都在睡覺、午休，我卻拿著碳筆、畫板、饅頭，一個人孤零零地作畫。

大概畫了一個多月，受不了了，我發現自己不是畫素描、考美術系的料，因為覺得我的個性不是那麼愛繪畫，也受不了如此安靜、孤單地一個人作畫。於是，就放棄了，我還是回來乖乖地把學科唸好，考個好科系吧！

可是，到底哪個科系適合我唸呢？想來想去，大概只有「新聞、大眾傳播」這些相關科系吧！因為，在衛道中學唸書時，雖然我的成績普遍不佳，但是，曾經參加作文比賽拿了全校第一；後來，又代表學校參加全台中市作文比賽，也拿到第一名。這，是個難忘的榮譽，也可能是老天賜給我的「優點和小長才」吧！

也因此，我下定目標——聯考時，以「新聞、大眾傳播」為將來研讀的科系。

不過，天常不如人願，因為我有點笨，成績不好，兩次大學聯考都落榜，上不了大學。最後，只在「三專聯考」中，念了國立藝專的廣播電視科。雖然，它也是「大眾傳播相關科系」，但，它不是大學，只是三專。

然而，唸三專，將來就沒出路、沒前途嗎？不，人不能自我放棄。

在唸藝專三年之中，我寫了三年日記，從未間斷過。我知道，我的學歷比別人差，但我要更努力、更有毅力！因為，有人說：**「成功不是靠能力，而是靠毅力；成功不是靠學歷，而是靠努力！」**

也因此，唸藝專，是我人生中的低潮，但也是一個極為充實的階段；因為，我每天唸國語日報——拿起報紙，不停地朗讀；每天寫日記，訓練自己的文筆。中文日記，天天要寫，有時也加寫英文日記。同時，我也常跑到司令台，或空教室，獨自一人練習演講。

我知道，我雖只唸藝專廣電科，但，將來我一定會靠自己的「筆和嘴」來賺錢。我的文章要好，寫出來的文章才有人看。我的口齒要清晰，說出來的話，才會好聽。我的腦袋要聰明、有智慧，才能說出更吸引人、更有魅力的話。

過去的我，跟很多高中生、大學生一樣，對自己的未來有些茫然，不知如何挑選自己的興趣和專長；然而，**我比較幸運，我較早知道——「自己喜歡什麼、不喜歡什麼？自己會什麼、不會什麼？」**也因此，我及早找到自己的興趣，而且願意花時間、全心全意投注在自我訓練上。我完全不知道，以前天天呆呆地唸報紙，如今，我靠著

在各地演講來賺錢；我也不知道，以前天天勤快地寫日記，如今，我卻能靠寫作來賺錢！

您知道嗎？「專注，是成功的必要條件！」

「時間花在哪裡，成就就在那裡！」

一個人，必須——「專心、專注，才能更專業！」

成就自我 教戰守則

在許多大學生找不到工作時，宏碁集團創辦人施振榮先生建議年輕人，可以「自創舞台」。施振榮先生說：**「每個人的天份、家境、社會環境都是老天爺安排好的，不要浪費青春去埋怨，正面思考才是唯一的出路。」**

真的，想成功的人，請舉手！我想，大家都會舉手！可是，**「想成功的人，沒有負面思考的權利！」**

想成功的人，就必須自我充實、自我創造機會。即使現在沒有工作，但，再多學些語文、多找機會見習、主動請教老師、前輩，也把自己的慾望降低，簡單過生活，則不會永遠找不到工作。

回想自己一路走過來的路，有坎坷和艱辛，但是我也覺得很甜美，因為，我覺得，自己是個「自律」的人。唸書，我很笨，成績不好，但我懂得「自我要求、自我訓練、自我創造」，進而發揮自己的優勢和專才！

●親愛的年輕朋友們，或許你正在為即將到來的考試而擔憂，也或許你對未來感到茫然，但，請你放開心，要「樂觀、開朗、自信」；同時請記得——要儘早找到自己的興趣，也儘早知道自己的優勢和長才，千萬不要「空有才華而不自知」啊！

●對於自己有興趣的專業，要全心投入地自我訓練。你對什麼有興趣？音樂、電腦、汽車、舞蹈、金融、保險、行銷、公關……想要成功，就必須全心投入。空想，沒有用，積極去做吧！

- 要主動參加各項比賽和考驗，因為——「參與決定未來！」只有勇敢報名、參與，才能挑戰自己、戰勝自己，才能夠「享受比賽」、「自創舞台」。
- 「專心、專注，才能更專業。」天上是不會掉下來禮物的，只有更自律、更有毅力地自我磨練，才能做出亮麗成績，才能發光、發熱地被別人看見！

04

搞定3C 人生笑嘻嘻

正面思考、積極行動；
快樂學習，不怕改變；
是自我突破的祕訣。
帶著自信上場，
才能贏得勝利，
才能脫穎而出！

一個人想做到「自律性強」，實在很不容易。我自己考不上大學，但在唸藝專時，我盡可能地要求自己「自律」——每天要求自己做到一些該做的事。

哪些事情是每天該做的呢？譬如，我是唸廣播電視科，必須有好的「文筆」和「口才」，所以，我要求自己每天寫日記、練習播音；為了加強自己的英文能力，我每天要「背單字」、「聽廣播英語」，也會抽出一些時間閱讀英語雜誌。

另外，為了鍛鍊身體，我也強迫自己每天跑步、運動，或做五十個仰臥起坐。

當然，老師交代的作業做好了沒？該寫的，趕快寫。同時，每天「記帳」也是我該做的事，因為父母提供金錢讓我唸書，我就必須誠實記帳，看看一天當中花了哪些錢？每個月的花費，總共有多少？

也因此，我每天晚上都會靜下心來，想一想，今天哪些事該做？做完了沒？做完了，就在自製的表格上打個「√」。當我看到今天該做的事都做完、全都打「√」之後，心裡就很高興，因為今天過得很充實，不負自己的期望和要求。

假如，作息表上的格子都是空白的，我就在睡前，儘可能的一項一項地去完成；即使今天累了、睡著了，明天早上起來，依舊會強迫自己去「補做」，完成自己該做的事。因為——**「自古成功靠勉強」**，不是嗎？

心理學家發現，成功人士都有一項堅毅的性格（Hardiness），就是「3C性格」

——自我控制（Control）；

自我承諾（Commitment）；

自我挑戰（Challenge）。

這「3C性格」強調，每個人都要懂得自律、自我控制，來控制自己的思想與行為；也要自我期許、承諾，讓自己的心中有個自訂的目標，勇往前進；同時，隨時自我挑戰所遇見的困難，不被困難打敗。這「三C」，就是造就成功的堅毅性格。

一個人只要「搞定三C」，自己的人生就能夠笑嘻嘻啊！

每日需做事項表

______ 月

事項／日期	寫日記	背單字	練播音	聽英語廣播	跑步	剪報	看英語雜誌	記帳	寫作業	仰臥起坐
1	✓	✓	✓	✓	✓	✓	✓	✓	✓	✓
2	✓	✓	✓	✓	✓	✓	✓	✓	✓	✓
3										
4										
5……31										

（作者年輕時自製的作息表格。戴晨志提供）

其實，自訂「每日作息表」是我自己的想法和做法，所以我自己畫表格，每個月一大張，每天自我反省、檢討，並督促自己不要懈怠、懶散，每天做出一些小成績，再去睡覺。

一個人，只要有「好想法」，就要有「好做法」，最後一定會有「好結果」。

若只有好想法，卻不去做、不去實踐，怎會有好結果呢？

美國歷史上第一位黑人總統歐巴馬，他在就職演說中說：「偉大必須自己去贏取！」一個人的成功，也必須自己去造就、去贏取！

所以，「正面思考、積極行動」是一個人自我突破的秘訣！只有去做、去實踐，才能贏取自己的勝利啊！

成就自我 教戰守則

星雲大師曾以「有漏」為題，寫了一篇文章；其中提到：「房屋有漏要修建，口袋有漏要縫補，帳目有漏要重算，語言有漏要改進……」

的確，有漏，就要趕緊彌補、修補，免得越漏越大洞。你我的專業也一樣，專業不足，就像漏了大洞一樣，誰願意錄用一個能力不足、技能有漏的人來工作呢？所以，「技能有漏要精進」呀！

自訂「每日需做事項表」，並督促自己一定去完成，其實就是希望精進自己的專業技能。要想讓自己不失業，就必須讓自己更具備競爭力；要使自己更有競爭力，就必須讓自己更有實力！

所以，我們要「抓漏」、「補漏」，不能讓缺口越來越大；人要「學習新專長，不要怕改變」，更要「帶自信上場」，才能贏得勝利啊！

● 你可以按照自己的興趣與專業，自訂一個「每日需做事項表」，看看自己每天必須充實哪些事項與技能？畫出一張一個月份的表格，並逼迫自己每天都要做到。

● 想想，自己的外語能力如何？外語能力很重要，要儘快「補漏」，加強聽、說、讀寫的訓練，才有機會脫穎而出！

● 王建民在美國大聯盟投球，曾連三場被打爆、曾是傷兵，也曾被嘲諷；但，「重建之路，在心的方向。」人，就是要帶著自信上場！自信，不是嘴巴說說，也不只是臉部表情；自信是一種「人格特質」，必須不斷磨練的個人意志與企圖心，才能在面臨危機時，化險為夷、從容脫困。

●我們可以學習讓自己擁有成功的「三C性格」——「Control, Commitment, Challenge」，要自我控制、自我承諾、自我挑戰！

05

心在哪裡
行動力就在那裡

主動開口、主動開創、主動前進，
都是邁向成功必備的開端。
主動，就是行動力的開始！
有了開始，
加上堅持與毅力，
才能發揮所長，
掌握成功關鍵。

有很多大學生說，他寒、暑假很無聊，沒有事情做，每天只有上網、和朋友聊天或MSN，甚至有不少人晚上上網不睡覺，白天睡到中午才起床……

其實，大學生的「自律」很重要，「自我計劃」也很重要。

記得我在藝專一年級的寒假，我就主動向系上提出要求，希望能到報社實習；經過系助教的努力爭取，安排我到中國時報實習十天。在那兒，我與資深記者跑司法院、法務部、各大警察局、外交部、監察院……雖然我只是一個跟班的小實習生，但也讓我大開眼界，知道當一名記者的工作性質、專業，以及所需要的觀察敏銳度、寫作技巧……

而後，在春節大年初一，我即背起行囊，跟父母說，我要獨自到「綠島監獄」！為什麼？因為我想試試自己的勇氣和獨立，我一定要進入眾人心目中最恐怖的「綠島監獄」；那裡，關有包括施明德在內的許多政治犯，以及無惡不作的重刑犯。

就這樣，我從台北搭火車到台東，再搭小飛機到綠島。下了飛機，我舉目無親，只好走路到教堂向牧師借了一輛腳踏車，再沿路詢問，去找到所謂的「綠島監獄」。

在高大圍牆外，我向警衛主動開口、技巧性地說要拜訪典獄長，經過層層通報，我終於進入了監獄，見到了典獄長；也在典獄長的首肯下，由警衛帶領我參觀了監獄裡的各項設施，包括犯人居住的牢房，以及重刑犯所住、隨時有監視器的獨居房。

另外，我也和刑期較輕的受刑人一起打乒乓球、聊天，也看到他們製作的工藝品……。當晚，我又主動開口，要求典獄長讓我這個流浪綠島、無處居住的小毛頭，希望能住在綠島監獄裡一天，感受一下「住在監獄」、傾聽「綠島小夜曲」的感受。

「只要開口，就有機會！」

「機會，是自己主動開口創造的！」

典獄長答應了！於是，我真的住在綠島監獄內的招待所一個晚上。這一晚，太特別了，靜悄悄的，只聽見綠島海邊的海潮聲。管理員說：「每到佳節倍思親！」許多重刑犯關在監獄裡十多年，有家歸不得，只在夜裡潸然淚下……

回台後，我把「獨自勇闖綠島監獄」的故事，寫成一篇文章刊登在《藝專青年》的校刊上。（拙作《靠志氣，別靠運氣》一書中，亦有詳細專文記載）

在藝專二年級的暑假，我也向系上助教提出要求，希望能到中視新聞部實習，可是，當時藝專廣電科的學生只有兩個名額能到節目部實習，後來，我向中視副總經理鄧昌國（前藝專校長）提出請求，希望能到新聞部實習。

真的，「只要開口，就有機會！」後來，我獲准到中視新聞部實習兩個星期。在那裡，我跟著文字與攝影記者一起跑新聞，有煤礦災變、有火災、有車禍、有立法院吵架……天哪，我每天過著東奔西跑、挑戰十足的日子；而自己也學習寫新聞稿，希望有一天，能當上記者。

「有心、有願，就有力！」

「當你的心在哪裡，你的行動力就在那裡！」

中視記者實習二週結束後，我又向某雜誌社提出請求，希望能當一名特約記者，幫忙代為採訪一些名人、學者……所以，我學習主動打電話給名人、專家，也約時間

我跟著文字與攝影記者一起跑新聞，
每天過著東奔西跑、挑戰十足的日子。

採訪，寫成一篇篇「專訪特稿」，刊登在雜誌上。

此外，為訓練自己的國語播音，我主動向中廣名播音員提出請求，希望每週抽出半小時，指正我的播音技巧。當時中廣知名播音員閻大衛先生，就非常提攜後進，每週犧牲半小時的寶貴時間，教導我練習播音。

同時，為了訓練自己的寫作技巧，我又主動向中央日報副刊主編提出請求，希望他能抽空看看我寫的文章，他們也都欣然答應我這個年輕人的請求，看我的稿子，指點我！

「主動」，是一個人積極向上最需要的精神與特質。

也因為我主動申請到中國時報、中國電視公司實習；主動為雜誌寫採訪稿，主動懇請名播音員指導我播音、請資深主編指導我寫稿……這些不斷累積的主動，讓我的寫作能力、播音能力都逐漸增進，最後，以第一名的成績，考上華視新聞記者。

好運，不會從天上掉下來；

成功，不會突然出現在我們眼前！

「主動開口、主動開創、主動踏出、主動前進」，都是邁向成功必備的開端。主動，就是「行動力」的開始。有了開始，加上堅持與毅力，才能發揮老天賜給我們的才華呀！

成就自我 教戰守則

有個媽媽說，她很難過自己的兒子一直想「延畢」，現在二十七歲了，還在大學延畢。唉，一個人若只知躲在家裡與校園裡，藉口經濟不景氣、工作不好找，真是令人搖頭嘆息啊！

每個人都應該——「大膽去做對的事」，也要「大膽去做想做的事」！

而且，不要放棄自己，也要「從心動到行為零距離」。

我們都要「用看好的心」，讓自己活得更有意義、更有尊嚴。所以，要「看好自己」、「栽培自己」、「投資自己」，才有可能讓自己走出溫室，迎向生命的陽光啊！

●你在寒、暑假時很無聊嗎？你要自己或請系上安排相關的實習機會。你要展現積極、旺盛的企圖心，並在實習期間，認真觀察、記錄，並在實習之後，寫一份「實習心得報告」。

●你也可以詢問系辦：「系上有哪些傑出系友？」你可以主動去拜訪這些傑出系友，或向他們做專訪，寫成一篇採訪稿，刊登在系刊或校刊上。只要你去做，就一定會有意想不到的收穫。

●想想，你的專業在哪裡？興趣在哪裡？你可以主動向老師詢問：「有哪些事情可以幫忙做的？」「有哪些人值得去請教的？」你也可以用「免工讀金」的方式，主動幫老師做事，或去相關單位實習，你就會有更好的人脈，以及更多的寶貴經驗與機會。

●不管你做哪些事，或實習，或採訪，你都必須帶紙、筆，勤做記錄；也可以帶相機、錄音機、錄影機，把好的影像、聲音、畫面記錄下來！把自己的經驗，做成「有創意的作品」，對你未來的求職，都會有很好的幫助。

當上華視記者後，作者（左）與攝影記者林漢誠（右）正式進入綠島監獄，做電視新聞專題採訪與報導。（戴晨志提供）

力量來自渴望 成功來自堅持

擁有寬廣的視野、專業的知識、謙卑的態度，
以及情緒智慧和挫折容忍力，
就可以爬得更高、飛得更遠。

PART-2

06

最壞的時代
最主動的自己

主動發問是不容易的。
一個舉手的動作，
是勇敢、是行動，也是實踐呀！
只要有自信，
隨時準備問題請教，
都可以從別人的身上挖到寶藏，
也在不景氣的時代，
勇敢開闢一條路。

很多人知道，我的個性比較內向，並不是個喜歡嘻哈、玩鬧、大聲說話的人；但是，我也儘量改變我的個性，訓練自己，在某些場合，主動發言、主動說話。例如，在上課中，主動向老師發問問題；如果上課不太方便發問，下課時，我也會主動親近老師，向老師提問。

就像在美國唸碩士時，我知道自己的英語程度不夠好，無法在課堂上和同學搶答，或是提出很棒的觀念和想法，但是，在下課後，我會主動請教老師，用我的破英語，慢慢地與老師交換意見。

有時教室外下著雪，但是，我一邊請教老師，一邊陪著老師，送他走回辦公室。你想想看，雖然我的英文不夠好，但，老師也一定對我印象深刻，是不是？

同時，在老師的「坐班時間」（Office hours），老師有義務指導學生，此時，我一定會準備問題，去請教老師；我的英語雖破，但老師也是很有耐心地傾聽我、回答我。甚至，我會一邊請教老師，一邊陪他在雪地走路，送他走到教室上課。

你知道嗎，主動請教老師、陪老師走路，是建立師生感情最好的方法。（當然，

你也可以送些小禮物給老師啦，哈！）所以，我很開心，因為，我以三專學歷在美國唸碩士，一年四個月就拿到學位了。

很多人怕老師，可是愈怕老師、疏離老師、不親近老師，老師怎會對你有好印象？老師怎會給你印象分數、好分數？

在藝專念書時，我也常拿我自己寫的作文、劇本、報導文學的文章給老師看，請老師指正；下課時，也拿錄音帶請老師聽，請他多多指導。你知道嗎，每一次的用心，老師都會看得見，也一定對你留下好的印象。

另外，大學生的學習不只是在自己的課堂教室。我也到台大、政大去旁聽自己喜歡的課程，或是經常找機會，在校外聽專家教授的演講。而且，在演講中，我會仔細聆聽、作筆記，也逼自己快想一想——「我有什麼問題、疑問，演講後我可以舉手向主講人請教？」

當你有了目標——「等一下要站起來問問題！」你就會更用心的聽講、思考，也組織一下，等一下想發問的內容架構。

這，就是一種訓練，也是快樂的自我訓練、自我成長。

所以，我有一些對我幫助甚多的老師，都是我在校外聽演講時，主動發問而結識的。他們沒有在課堂上教過我，可是，在我一生走來的路上，他們卻是幫助我、指點我甚多的良師！

也因為自己有「隨時準備、請教別人問題」的習慣，讓我經常從別人身上「挖到寶」——吸收別人的寶貴知識與經驗。

有一次坐火車，身邊坐著一位男士，我主動開口和他交談，後來發現他是某家唱片公司老闆，於是，我腦袋就一直想問題，挖他有關唱片公司的相關經驗和趣聞，讓我受益良多。

真的，「主動開口、請教他人」，都是為自己挖寶——把別人的智慧，裝進自己的腦袋中。這，真的很快樂呀！

在美國，我經常請教老師，陪他在雪地走路，送他走到教室上課。請教老師、陪老師走路，是建立師生感情最好的方法！（戴晨志提供）

所以，「問問題，挖別人的寶」，就可以增進自己的智慧、擴大自己的視野。

在拙作《愛，讓孩子更優秀》一書中，內文中有一篇文章我下個標題——**「孩子，爸爸喜歡你舉手的樣子！」真的，要主動舉手、主動發問是不容易的。但，一個舉手的動作，是勇敢、是信心、是行動，也是實踐呀！**

只要有自信，隨時預先準備問題請教老師、專家、朋友……我們都可以從別人的身上，挖到許多寶藏，也學習到豐豐富富的智慧。

成就自我　教戰守則

你知道嗎，當老師、教授的人，最怕沒有人主動請教、發問。下課時如果學生跑光光，沒人請教老師，那麼老師是多麼難過呀！演講會結束後，如果沒有聽眾向講師請教問題，讓講師一個人踽踽獨行、落寞、孤單地離開，講師會覺得多麼遺憾啊！所以，要主動請教老師、親近老師、和老師做朋友，才會有更多學習的機會；將來若有好的就業機會，老師才會想到你啊！

因此，**「在最壞的時代，要做最好的自己、做最主動的自己！」**

「在不景氣的時候，我們要勇敢地開闢一條路給自己走！」

● **不管你上什麼課，課堂上你可以勇敢發問；下了課，也可以主動請教老**

師。一定要逼自己找問題，開口請教老師，製造與老師接近的機會，挖老師的智慧之寶。

- 在校外聽專家演講時，要主動請教講師；結束後，也要主動認識講師、誠懇請教，或交換名片——主動把自己推銷出去。

- 「心智升級」才是王道。年輕人不能畏縮，不能不好意思，也不要怕丟臉。請你記得——「問題是沒有愚蠢的，只有不問問題時，才是愚蠢的。」

- 「成功敲門磚＝自信＋堅持＋學習」。一個人想成功，就要堅定信念，勇敢開口請教。若缺乏自信，不敢開口，不敢舉手，則只會讓自己躲在一個小角落，無法被看見。

07

懷才不遇是自己的錯

在學習、成長的過程中，
我們要盡全力、虛心學習；
沒有人要做的事，要搶著做！
少抱怨，多實踐！
因為做的愈多、努力愈多，
好運就會愈多！
你的「才」，
必須讓別人「看得見」。

當我還在世新口傳系當系主任時，一個剛畢業的女學生回來系上，向我致謝。她說：「戴主任，我還沒畢業時，就已經找到工作了！」

「真的啊！妳好棒、好厲害喔！」我真是為她高興。

「我能夠找到工作，都是主任您的功勞耶，所以我特別回來謝謝您！」這女生開心地對我說。

可我一頭霧水，因為，妳找到什麼工作我真不知道，而且，我並沒有幫她寫任何推薦信啊！

「主任，您知道嗎，我把我在口傳系上所編過的班刊、系刊，以及製作過的專題作業，一起拿去應徵，一下子就被錄取了……我要特別感謝主任您當時逼我們編班刊、系刊。那時候，我們大家都很恨您，可是，現在回想起來，卻是要感謝您！因為，要不是我有那些精心編輯的作品，我一定不會被錄取。」這女畢業生高興地告訴我她的心情，當然，我也為她感到高興。

回想我在世新大學擔任系主任時，許多大一新生都不太喜歡我，因為我要求他們分組，五、六個人一組，每週輪流編出一份班刊。

天哪，口傳系學生又不是新聞系，編什麼班刊？

可是，我認為：**「不學不會，一學就會！」**沒有什麼不能的。新進系上的學生，只要用心、肯學習，就可以自己找題材、採訪寫作；也學習自己攝影、下標題、編輯版面，或是拉廣告、找贊助，因為系上沒有任何經費補助，自己要想辦法克服困難、使命必達！

所以，有人找了學校附近小吃店、自助餐刊登廣告，有人找泡沫紅茶店贊助……只要有心、有誠意，積極度高，就能夠找到小商家來幫忙支持。當然，學生對這項活動都持反對意見，但，在我的堅持下，每星期的班刊，都如期出刊，沒有一期延誤過。因為，**「只要你說能，你就一定能，別說不可能！」**

當時，在全世新大學，只有口傳系有此傳統，大一新生每週出班刊，大二、大三生編系刊。我希望，口傳系學生必須學習「說、寫、編、採、譯、攝影」的才能。

當然，沒有人是全才的，但，只要你願意，你可以讓自己慢慢學習，成為每項才能都有涉獵的高材生。

你怕畢業後找不到工作嗎?可能每個人都怕!可是，我會比較自負地說：「怎麼會找不到工作?除非你沒有實力、你沒有作品、你沒有辦法把自己的才華和實力展現出來!」

你知道嗎，「懷才不遇」是誰的錯?——是自己的錯!

因為，你的「才」在哪裡?你必須訓練自己，把「才」充分展現出來。你的「才」，必須讓別人「看得見」。

就像剛才所提的女畢業生，她把自己曾經努力過的成績——班刊、系刊的作品，告訴應徵單位：「我的用心作品在這裡，我曾經和同學們為了目標，不眠不休地付出，努力做出很棒的成績……」

現在科技發達，你更可以把自己的才華、作品、績效，透過影音製作、網站、部落格……展示成讓別人看得見的畫面，推銷自己、讓別人看到你的才華!

每年大學畢業生那麼多，失業人口那麼多，
懷才不遇不能怪別人，只能怪自己沒把自我才華推銷出去。

所以，芸芸眾生，每年大學畢業生那麼多，失業人口那麼多，你——「不能懷才不遇！」懷才不遇不能怪別人，只能怪自己沒有才，或沒有辦法找到知音、找到伯樂。

而且，「別人沒有認識你的義務，但，你有自我行銷的權利！」

趕快充實自己的專長和才能吧！而且，把自己的才華轉化做別人看得見的作品，把自己推銷出去吧。

「少抱怨、多實踐！」趕快動手做吧，因為，沒有人能幫助我們，只能自己幫助自己。

而且，**「做的愈多、努力愈多，好運就會愈多！」**

成就自我 教戰守則

有個書法家的居家雅號叫做「不易小樓」，因為，現在經濟不景氣，房子「居大不易」；很多人工作難找，真是「得來不易」。同時，在紛亂的心境當中，要沉澱自己的心情，也是很不容易；要清明自在、拿起毛筆將黑墨滲入紙背、收放自如，更是不易。要「此心不渝」，談何容易？

不易，做任何事情要持之以恆，要堅持到底，真是不易。可是，人就是要——「盡心盡力之後，看天意」呀！

在學習、成長的過程中，我們要盡全力、虛心學習。

「沒有人要做的事，要搶著做！」

「要往壓力最大的地方走！」

所以，做班刊、系刊、校刊、辦活動……都是讓我們學習成長的機會，不要排斥、不要討厭、不要咒罵，「去做了，就學到了！」將來求職時，也就多了一些經驗和作品。

- **大學生要有「永遠學習」的態度**——到處都是學習的機會，要虛心請教、認真學習；要注意的是「學到什麼」，而不是「領到多少」？「學到」是無價的，「領到」是有限的。

- **為了提升自己的競爭力，要「主動參與、主動投入、主動學習、主動表現」**——快樂地投入學習，所收到的，就能成為自己的智慧資產；心態不快樂，被迫學習，成效自然大打折扣。

●**最棒的工作態度是「把事情做得比老師、主管所要求的標準高一點。」**
——做人的關鍵在「盡心」，做事的關鍵在「盡力」；用「高標準」來要求自己，別人一定會賞識你。

●**「主動解決問題，別讓問題解決你；主動控制困難，才不會被困難所控制。」**——別埋怨做低階工作。許多大老闆都是從站櫃檯、挨家銷售、洗馬桶……開始做起的。做卑微的工作，別洩氣、別喪志；請記得：「最低潮，就是最高潮的開始。」

08

積學儲寶
跟時間賽跑

除了積極儲備專業知識之外，
外語能力、個性開朗、
主動積極、又有創意、
口才一流……都很重要，
擁有這些附加價值，
別人才會主動來挖角啊！

許多企業人士對目前大學畢業生不滿意之處，首推「書寫與表達能力極差」。因為，現在年輕人習慣使用電腦，很少像過去一樣，重視手寫作文，以致常使用火星文，也不太用正確的標點符號，文詞經常無厘頭、不通順；同時，學生在學習過程中，較注重考試，缺少口語表達能力。

一般而言，大陸學生的口才，十分伶俐；美國學生在課堂上，也經常舉手搶答；可是，台灣大學生在表達能力上，顯現出「害羞、靦腆」的居多。對於「舉手發言」這件事，大部分人都覺得，「不要點到我、不要叫我」最好，站起來說話，多尷尬、多難堪！

可是，在大學畢業後、踏入社會，首要條件就是要有「良好的口語表達能力」。面對全球化、兩岸人才競爭，年輕人必須有更好的語言表達能力；如果缺少獨立思考能力，不能妥切表達自己的想法，也沒有優美的措辭與應對能力，那麼，就會失去競爭的優勢。

傳說，清朝大文豪紀曉嵐，曾經赤裸上身，可是剛好乾隆皇帝走過，他趕緊躲入桌子底下迴避。在乾隆還沒離開之時，紀曉嵐在桌子底下冒失地問了一句：「老頭子走了沒？」結果，觸怒了龍顏。乾隆命令他立刻作解釋，否則定罪。

此時，紀大學士靈機一動，笑笑地說：**「吾皇萬歲名為『老』，國家元首名為『頭』，真龍天子是為『子』！」**乾隆一聽，破怒為笑，饒他一命，賜他不死。

一個懂得說話藝術、幽默風趣、言之有物的人，在職場上，總是受到歡迎，甚至是可以化險為夷。當然，一個年輕人的口語表達要「言之有物、言之有序、引經據典、有條不紊」，是很不容易的；但，這「積學儲寶」的功力，也是可以訓練的。

在年輕時，除了寫日記之外，我也喜歡閱讀、朗讀；多看各種不同雜誌，或是把手邊有的文章，拿起來「開口朗讀」。

我覺得，閱讀和朗讀不同。閱讀，可以快速瀏覽。**但朗讀，是在訓練自己的口齒、發音、語調、抑揚頓挫。透過朗讀，我可以儘量將文章內容「用很有韻律、韻味」**

的方式，將它大聲朗讀出來。

朗讀，也是在練習自己的自信。我們藉著多閱讀、多朗讀，把雅俗共賞、精闢簡要的文章，適切地表達出來，那麼，久而久之，我們的心情就會更有自信，表達就會更有味道。

所以，「多看、多讀、多說、多寫、多充實自己」，一定可以讓自己的書寫能力、表達能力更好，也才能在眾多競爭對手之中，脫穎而出！

有人說，「畢業」就是「斃業」；也有人說，「畢業」就是「失業」。

可是，那是別人，是沒有能力的人呀！你，你一定要做個「有能力的人」——有專業知識、有好的表達能力；透過極棒的「說與寫」的能力，把你的專業知識表現出來給別人看。

也因此，擁有「可攜式的能力」、「別人拿不走的能力」，你畢業後，絕不會失業啊！

充實自己的知識與專業，加上勇敢與用心，
就一定可以在人生舞台上，找到一個極棒的位置。

看看憨這個字。「憨」＝敢＋心。也就是，「勇敢」加上「用心」！一個人要懂得積學儲寶、充實自己的知識與專業，就是要「勇敢」加上「用心」。

練習文筆、口才，「多看、多讀、多寫，也多聽演講」，「多創造機會舉手發言」、「多挑戰自己的膽識」、「多建立自己的信心」，這樣，就一定可以在人生舞台上，找到一個極棒的位置，讓你充份發展、揮灑。

成就自我 教戰守則

現在台灣的大學之門，不像過去一樣是「窄門」，可是，在這「很難考不上大學」的時代，年輕人卻比過去面臨更多的挑戰，也不容易找到好的工作。

事實上，我們都在「跟時間賽跑」。有些人，在一路跑過來時，就已經學到許多技藝和經驗；有些人，一路跑過來時，則是雙手空空，沒學到啥知識、技術與專業，以至於沒什麼技能，也找不到好工作。

以前胡適先生就告訴大學生，選擇科系的原則是——**「性之所近，力之所能。」因此，選擇科系、工作，就是要「選擇讓自己快樂的工作」，因為，它「給人意義、給人期待、給人歡喜、給人驕傲」！**

●在最壞的時代，做最好的自己的同時，我們都要用心地思考，「我的利基在哪裡？我的優勢在哪裡？我的長才是什麼？」——可別告訴別人說「我沒有優勢」、「我不知道我的長才是什麼？」老天一定賜給你一些才華，你要發現它、成就它、彰顯它呀！

●我的危機在哪裡？——不知道自己的優勢、每天渾渾噩噩過日；上了課、拿了沒營養的學分、不敢說話、不敢舉手、不敢上台、沒有自信、沒有專業……畢業，就是失業，也是危機的開始呀！怎能不自我警惕呢？

●我的機會在哪裡？——「過去種種，譬如昨日死，今後種種，譬如今日生。」機會，在哪裡？機會，就在積極行動裡。只要「勇敢加用心」，只要「發現最好的自己」，只要「多磨練自己的長才」……人生處處都是機會呀！

●**我的附加價值在哪裡？**——有些人除了有專業知識之外，外語能力強、個性開朗、笑臉常開、主動積極、又有創意、口才一流……主管、老闆都會喜歡一些有「附加價值」的年輕人。我們要有附加價值，別人才會主動來挖角、高薪聘請啊！

09

處處都是機會
勇敢秀出自己

改變心態，
就能改變人生！
一個人的積極心態，
是成功最重要關鍵。
命運掌握在自己手裡，
每個人都須為自己的前途負責，
不可以為失敗找任何藉口。

搭高鐵，到實踐大學高雄校區演講，一出高鐵站，一男一女的承辦學生已經在出口處等我。這帥哥美女同學，熱心地來迎接我；開車的是學校的司機，顯示出校方對學生舉辦演講會的看重。

坐了快一小時的車，到達內門鄉的校區。其實，到實踐大學高雄校區演講，這已經是第三次了，每次都有不同的感受。進入校區，學校的學務長、教務長立即驅前來接待；我先到演講場地，把電腦、投影機等設備架設好，我們一起到副校長室坐坐。

在這大學校區，副校長是首要的領導人物，因校長在台北校區。丁斌首副校長是個文質彬彬的學者，年紀和我差不多；他親切地和我、教務長、學務長以及兩名接待同學閒聊。我看見的是，兩名接待的男女同學，在副校長室裡，大方、穩重、得體地與師長們一起交談，一點都不畏懼、膽怯，談吐中顯示出自信與穩健。

那場在實踐高雄校區的演講，令我印象深刻的是，丁副校長與好幾名主管、老師都和學生一樣，坐在台下聽講；副校長的親自參與，對講師和學生而言，都是莫大的鼓勵。

而在演講過後一個多月，我收到一名女學生的來信，信中她工整地寫道：

親愛的戴博士：

感謝您上次蒞臨我們學校為我們做了一場精彩的演講，大家都覺得受益無窮。由於加入了英文報，我不僅在您的演講中仔細地做了筆記，也將它整理成短篇文章投稿；這是我們最新一期的英文報，裡面有我發表關於您演講的文章，希望您會喜歡！

最後，祝您 身體健康，事事順心！

實大應英三乙 吳玟琳敬上

看到這封信，我有點感動。我在各公司行號、各級學校演講數千場，當然會有人在我的網站上留言，給我回應、肯定或鼓勵，但是，會將演講內容，以英文寫成一篇標題為：「Success Always comes from Insistence」的文章，刊登在校內實習的英文報紙上，這倒是第一次。

Success Always comes from Insistence

On April, 28 the famous author Dr. Chen-Chih Tai gave a speech at our school. The title of his lecture was, "Success is always comes from Insistence."

First, he shared with us his belief that you can achieve the things you set your mind to achieving simply by saying that you can achieve them. He illustrated this concept by telling two stories. One was about a pianist in Vietnam, who only had four fingers; yet, she trained herself so intensely that she was able to become a concert pianist. Nowadays, she performs her music all over the world. The other story was about the distinguished swimmer Lena Maria. Although Lena had no arms, she was able to become a member of the Swedish National Swimming Team and the recipient of a number of gold medals.

Afterwards, Dr. Tai shared the story of his own life and his struggle to master the English language. He dreamed of becoming fluent in English, despite the fact that he initially didn't demonstrate a great deal of aptitude for the subject. Instead of becoming discouraged and giving up, he spent ten hours a day at the library in order to improve. As a result he was able to become comfortable enough with English to study abroad.

Through Dr. Tai's speech lasted only two hours, I really enjoyed and, of course, got various valuable lessons and knowledge from it. Thank you so much, Dr. Tai!

實踐大學高雄校區的英文報，吳玟琳同學以「Success Always comes from Insistence」為題，所撰寫的英文文章。

其實，這女孩只是大三的學生，所寫出來的英文也並非頂尖、一流；但，重要的是她的「用心」與「行動」，說明她是個積極、認真、向上的年輕人。誰願意在聽完演講之後，用英文寫出一篇心得？除非她是一個有心人。所以——

「有心、有願，才會有行動！」

「有行動、肯實踐，才會有效果！」

多少人只會聽，而不願

寫；多少人只會說，而不會做！

一個人再怎麼聰明，卻不願積極行動，也是惘然。

一個人，空有才華而不自知，多麼可惜！

去做了，去實踐了，就會有成績，就會愈來愈好、愈進步、愈有自信，不是嗎？

成就自我 教戰守則

「改變心態，就能改變人生！」

一個人的心態，是成功最重要關鍵。有人隨便過日，有人積極任事。聽演講，有人不願寫筆記，有人則認真記錄，甚至再用英文寫成文章，刊登出來。別以為它只是一篇短短的英文稿，其實，它是一個積極態度，也是導引一個人邁向成功的行動力。

美國總統歐巴馬曾對美國黑人族群發表了一篇慷慨激昂且措詞嚴厲的演說；他告誡黑人子女：**「生於貧窮，不能當作成績差的理由和藉口！」**

歐巴馬說，他自己和太太蜜雪兒都是窮苦出身，可是不能因環境不好而看輕自己。**「沒有人為你譜寫命運，你的命運掌握在自己手裡！」**(No one has written your destiny for you——your destiny is in your hands.)

歐巴馬又說：「黑人小孩不能全部立志當球員或饒舌歌手；我希望他們立志當科學家、工程師、醫師和教師；我希望他們立志當最高法院大法官，甚至當美國總統……」

是的，命運掌握在自己的手裡，每個人都必須為自己的前途負責，不可為自己的失敗找任何藉口。所以，「態度」與「行動」很重要！你我，都要用積極的態度，來改變自己的人生啊！

●王品集團董事長戴勝益說，他主張「仿冒的人生」——當你不清楚方向、不知道未來在哪裡時，趕快去找一個值得你學習的人，去模仿、學習他的人生態度、工作方法與價值觀；你可以找到值得你學習的人，學習他們的優點、態度與如何具體行動。

●**當你情緒困擾時，「轉念心就寬」**——要轉念，就要有許多學習的對象、方法，或提醒的佳句、名言。所以，要多閱讀、多以成功人為師、多轉念，來克服挫敗的情緒。

●**多問多做、創造機會**——不懂就問、笑臉常開、時常請教，積極去做，就會有許多好運降臨。去做，就學到；不做，就學不到。

●**沒有辦法中的辦法，才是好辦法**——別讓自己沒有好創意、好想法、好辦法。你要去想：「我如何做出更有意思、更有意義的事？」不能讓自己困坐愁城，沒有一絲發揮的機會。大學生活中，處處都是機會，你要勇敢秀出最棒的自己！

10

訓練口才魅力 才能如虎添翼

練習好口才，
從容鎮定地站上台，
勇敢參加口才、演辯的社團，
強迫自己在眾人之中，
言簡意賅地說出自己的理念，
才能秀出最棒的自己！
靈感，不會造訪懶惰的人呀！

在台灣，有一種當紅的派對，它並不是以音樂、雞尾酒、精美食物，或時尚名人為號召，而是以「輕鬆式的文化集合」為主軸，主角都是部落客。

這個派對的名稱是「Punch Party」。顧名思義，Punch是「重重一拳」的意思。為什麼要重重一拳呢？這表示，來參加這個派對是「緊湊、有壓力的」；每位被邀請上台的部落客，大約六到八位，他們必須把他們的故事、網路經驗、實際體驗、行銷方法、困難挫折……透過二十張投影片來解說。

從上台，到解說，到結語，每個來賓講話的總長度不能超過七分鐘，所以，每個人都必須把握時間和重點，不能拖泥帶水。在現場的台上，有一個超大的「倒數時間」，七分鐘一到，請你立刻下台，換下一位上台。

「Punch Party」有個可愛的中文名字，叫做「胖奇趴」。剛開始，只是一個好玩的小型聚會，沒想到迴響十分熱烈；活動結束後，部落客在網路上持續發酵，散播。所以，後來的胖奇趴已經移師到可以容納兩、三百人的場地進行。

其實，這胖奇趴吸引我的地方，在於它強迫上台者，必須在短時間之內，利用精彩的口語表達，以及圖像影片，在最短時間之內做有效率的口語傳播，來提供最豐富的資訊。

很多年輕人，以為自己專業知識很豐富，口才也不錯，上台說話不成問題；可是，一站上台，拿起麥克風，才發現腦中一片空白，一下子愣住了，不知道如何有效的表達？也因此，主題失焦、重點不清，時間到了，台下的人還是霧煞煞、不知所云。

事實上，**「聽」是一個被動的過程。聽到了，不一定聽懂了。聽懂了，不一定聽進去。而且，即使聽懂了、聽進去了，卻不一定能準確地表達出來。**

所以，**「說」才是主動的認知與實踐。把知道的東西「說得出來」，才是屬於自己帶得走的知識。**

也因此，練習把知道的東西「說出來」，是一件很重要的功課。**「準備愈多、練**

習愈多、表現才能愈好！」

如果缺乏練習，上台時，本以為輕而易舉，可是，最後可能在台上出糗，詞不達意，很難堪！這，可能就是被「Punch」了——被重重擊了一拳。

所以，「說笑話」要不要練習？要！「講感人故事」要不要練習？要！「講理性的觀念」要不要練習？要！上台說任何話，都是要練習、要排練的。

沒有不經練習，就可以上台講得口若懸河、精彩萬分的。北京有個知名的雕刻師傅就說過——**「千遍方為熟，萬遍神理現。」**練習過一千遍，才是熟悉而已；練習過萬遍，才能夠使作品顯現出最棒的神韻和味道！

也因如此，我也儘量要求自己，練習說笑話；碰到朋友，練習說笑話給他們聽。開車時，我也練習說感人故事。有時，我一邊開車，一邊想像故事的場景，一邊把故事感性地說出來。有幾次，我開著車，卻淚流滿面……我被故事所感動，不知不覺地流下眼淚。

口才，是一件「辛苦三五年、風光五十年」的事。
練習好口才、從容鎮定地站上台，才能獲得台下的掌聲與喝采。

詩人余光中教授說：

「靈感，不會造訪懶惰的人！」余光中教授天天寫、月月寫、年年寫；他寫作近一甲子，在兩岸三地出版的著作逾七十種。

真的，懶惰的人，不會有什麼好靈感的！相同的，懶惰、不練習的人，也絕不會有好口才、好表現的。

所以，你可以試著參加演講比賽，強迫自己加強演練。也可以加入類似「Punch Party」，或演辯社、口才社……等相關的社團，強迫自己自我訓練口才。

每個人都要「找到興趣，勇敢走出自己的路」。

每個人也都要在自己的專業知識之上，練習出更好的口才，才能使自己在未來的路上「如虎添翼」。就像那些認真的部落客一樣，勇敢參加「Punch Party」，強迫自己在眾人之中，於七分鐘之內，言簡意賅地說出自己的理念，也秀出最棒的自己。

口才，是一件「辛苦三五年、風光五十年的事」啊！

練習好口才、從容鎮定地站上台，輕鬆微笑地表達自我觀念，才能獲得台下的掌聲與喝采，也才不會意外地被「Punch」，被重重一擊啊！

成就自我 教戰守則

常常在電視上聽到評審或主持人說：「你真是個璞玉，將來不可限量！」或說：「你真是個天才、很有潛力、很有天份，將來前途無量……」

可是，被公開稱讚的人，雖是璞玉，可是過了好多年，他還是個璞玉，並沒有大放光芒；很多人很有天才和天份，可是，一輩子也沒有迸發出天才和表現。為什麼？因為，潛力歸潛力，但若沒有盡情發揮，潛力和天才也可能一輩子沒被激發出來呀！

的確，一個人的「挫折容忍力」若不夠強，很容易在沮喪、挫折時退場、放棄；可是，一個人的力量來自「突破、創新、前進的慾望」——期待自己成功、有成就，期盼自己在某些領域大大的發揮、傲視群倫……

心中有「熱切的盼望」，並且「即知即行、身體力行」、「心動馬上行動」，才會產生價值和效果。心中的目標和理想若不付諸行動，永遠都是淪於空想啊！

- 不管你是唸哪個科系，「口才」對你而言，都是很重要的，因為，有良好的口語表達能力，你一定會被看重、被看見。
- 妳要強迫自己參加社團，訓練自己「上台說話的能力」。你要勇敢爭取擔任幹部，增加自己的領導與表達能力。
- 走路、坐車時，可以訓練自己「即席說話」的能力；譬如，邊走路、邊自訂個題目「天橋」、「摩托車」、「母與子」、「摩天輪」……看到什麼，

就自訂個題目，做三分鐘的即席說話。

●課堂上的口頭報告，資料一定要盡力準備；上台前，也必須多次充分練習

——「勇敢行動吧！多一次準備與練習，就一定可以讓自己有更完美的演出與表現。」

改變心態就能改變人生

做事，往好處想；聽話，往好處想；
逆境，往好處想；失敗，往好處想。
多往好處想，就不會絕望，就會絕處逢生、否極泰來！

PART-3

11 痛苦會過去 美麗會留下

找出自己的興趣，
樂在其中；
萬一不是自己的興趣，
勇敢轉彎吧！
在自己喜歡的領域發光，
才是最快樂的。

有一名教授在報紙上說，他曾經和同事一起拜訪北京大學和北京清華大學，做學術交流訪問。當時，他們看見清華大學的學生，在周六早上七點多，就在圖書館外大排長龍。做什麼呢？在排隊，等待進入圖書館內K書。

這教授說，那時候已經是初冬了，氣溫大概只有三、四度，可是學生們都穿著禦寒外套，不畏寒冷低溫，各個手拿書本，一邊排隊，一邊等待進入圖書館佔位子唸書。

這個場景，讓這名教授看了很感動，因為，在台灣幾乎很難看到這種景象；台灣學生周末、周日在幹什麼？有些大概都在睡覺、補眠……圖書館的設備再怎麼好，也很少有人願意在周末的一大早，跑去圖書館門口排隊。

也因此，有一名教育官員坦言——「台灣大學生的作息有問題，將會嚴重影響到國家競爭力！」

多年前，我曾應邀到大陸天津一家台商去演講；演講結束後的當晚，接待人員在晚餐後，帶我到附近的「天津南開大學」去參觀、散步。

那天夜裡，昏昏暗暗的。但，我可以看見，校園裡有一個大大的湖，湖上，有一個長長的橋；橋上，則聚集了很多男女在那兒，似乎是在聊天、講話。

當時，我的心裡有點納悶，想到這些人這麼晚了，還在橋上吱吱喳喳講話幹什麼？晚上視線不好，也看不太清楚，怎麼會有那麼多人站在那兒說話？

後來，接待人員告訴我：「他們都是在那裡『練英語』！」

「啊？……練英語！」我吃了一驚。

「對啊，他們都是自動自發來到橋上，來練講英語；他們自己規定，上了橋，就必須用英語交談，不能講普通話，要逼著自己練習說英文……因為，他們沒有錢上補習班。」

天哪，怎麼會有這種事？太不可思議了！

多年後，我有機會在台北接待我的母校——美國奧瑞崗大學的副校長張春生博士，他主管「國際事務與發展」。當我向張博士提及上述「橋上練英語」的事情時，張博士很興奮地說：「對、對，那就是我的母校『天津南開大學』。以前，我們都在湖上的橋上練英語的！那個湖，叫『馬蹄湖』，我們每天早上、晚上，都有人在那兒練英語，我們把那附近稱為『English corner』……」

張博士說，他就是在那裡苦練英語，後來才到美國留學、教書；最後，在八十多名美國博士群中，脫穎而出，被選為奧瑞崗大學的副校長。而他，只比我大兩歲。

在我們學習的過程中，我們都必須詢問自己「to be」這個問題。

「to be」是什麼？就是——「你想成為什麼樣的人？」當你知道，你想成為什麼樣的人時，你就要朝著「to be」的方向努力、奮鬥、前進！

因為，「to be」就是一個目標、一個信念，也就是你未來想走的路。

當我們確定自己「to be」的方向時，你就知道，周末、周日的早上你該做什麼？有人排隊上圖書館、有人睡覺補眠、有人運動爬山、有人忙著談戀愛、有人忙著

打工……都好，也都可以！可是，別忘了「to be」的方向和目標。

因為，在經過無數的艱辛努力、奮鬥之後，「最後笑的人，才有資格笑。」（He who laughs last, laughs best.）

這句話，也可以說是——「最後笑的人，笑得最好、最美！」

成就自我 教戰守則

中華男子籃球隊近年來的表現，並不如預期，在國際性的比賽當中，常常輸得很難看。不過，在瓊斯盃男籃比賽的開幕戰時，中華隊明星球員田壘原本是在傷兵名單之中，可是他竟然意外出現在比賽球場上，以先發球員的身份，對戰日本隊。

在這場中日大戰中，帶傷上場的田壘，一開賽就在外線狂砍，又灌籃成功，讓現場球迷尖叫連連；而且，他一反往常，竟然十分霸氣地猛搶籃板，連自己人也對他說：「好久沒看到你跳這麼高了！」

田壘在這場球賽中三分球「投九中五」，拿下二十一分的佳績；中華隊也以七十七比七十四，擊敗了日本隊。賽後，腳還帶傷的田壘搞笑地說：「大

概就是要回到『痛痛的』狀態，才會有巔峰！」「要有點痛，才會打得好！」

這些話，或許是開玩笑，但卻也有些真實。

沒有痛的過程，如何讓自己練出最佳成績。

要想英語好，就要下功夫苦讀！別人一大早進圖書館K書，或是晚上在橋上練英語，沒有人是輕鬆的。然而，在無數的自我逼迫、勤奮學習的人，才會有資格成為「最後笑的人」。

「痛苦會過去，美麗會留下！」

在追求成功的過程中，一定會有痛、有苦的感覺，可是，我們就是要學習「遺忘痛苦」，不能讓負面、挫敗、灰心的情緒佔據我們的心，才能夠迎接未來美好的人生。

●自己要訂定每日作息表，清晨絕不睡懶覺，強迫自己充份利用時間，精進

學習。

- 要詢問自己「to be」這個問題。你將來想成為什麼樣的人？如果要達到自我目標，現在的自我能力夠不夠？要如何再充實、再衝刺？
- 找出自己的真正興趣，樂在其中；萬一所學的不是自己的興趣，勇敢轉彎吧！花時間學自己沒興趣的事，很痛苦，也浪費時間，更沒有成就感；「勇敢換跑道」，在自己喜歡的領域發光，才是最快樂的。
- 要找到志同道合的同學、朋友，互相砥礪、彼此激勵。學英語（或其他語文），要有好朋友相互督促、練習，才不會虎頭蛇尾、有始無終。

12

學習接納心中的四季

贏了，很開心；
輸了，收拾行囊與心情，
趕快往下一個目標前進。
不要讓悲傷情緒一直延續！
四季是必然的，
輸贏是常有的；
只要化悲憤為力量，
就可以不畏生命中的暴風雨。

參加二〇〇九年世界棒球經典賽的中華隊，繼北京奧運會敗給中國隊之後，再次以「一比四」輸給中國隊。先前，中華隊就在首戰中，以「〇比九」遭韓國隊「完封」，所以，連續遭到兩戰失利後，中華隊成為經典賽中首支出局的隊伍。

「棒球」是台灣最引以自豪的「國球」，也是最能輕易打敗中國隊的體育項目；奈何，連續兩次在國際大賽中敗給中國隊，台灣球迷莫不以「國恥」來形容自己的心情。

中華隊總教練葉志仙在比賽後，臉色凝重地說：「我必須承認，中國隊的棒球進步很快，我們卻停滯不前！」

是的，一個人、一個球隊、一個團體——**「不怕慢，只怕站！」**當我們站在那邊、停滯不前，別人可是在另一邊衝鋒陷陣、努力打拚啊！當我們在休息蹺腳、娛樂放鬆時，別人可是在揮汗打擊、咬牙苦練啊！

當我看見報紙上斗大的頭版標題——「不長進，中華隊又輸中國」、「淪為亞洲

第四，台灣別再夜郎」……這些斗大標題刺進眼簾，讓人看得心裡很難過。

後來媒體又傳出——中華隊某球員，有帶女友一起赴日、輸一場球後還夜會女友的事情！天哪，球迷開始責罵：輸給韓國時，已經夠難過了，還能夜會女友、談戀愛，太扯了吧，難怪隔天會再輸給中國……

不管「夜會女友」是不是真有其事，你知道嗎，「中國棒球協會競賽管理規定」中嚴律——中國大陸的棒球選手「不准在球場談戀愛」、「不得進入夜總會、歌舞廳等娛樂場所」、「嚴禁搞有傷風化的活動」及「流氓行為」；球員也不得留長髮、怪髮，更不能染髮，違者處以禁賽，甚至得以除名！

反觀台灣職棒，「放水」、「打假球」、「簽賭」一再地發生，球迷失望至極；可是職棒老闆、球員不爭氣、不自律，只沉浸在「棒球是台灣國球」、「台灣的棒球在亞洲是坐二望一」……這種驕傲不反省、不檢討、不長進的態度，只會讓台灣的棒球水準一輸再輸、岌岌可危！

不過，**「夢想與悲憤，只有一線之隔。」**

一個人可以「積極實踐」，也可以「消極悲憤」。

如果，你選擇了「消極悲憤」，只會自怨、自艾、自憐，說什麼「球運不好啦」、「主審的判決很奇怪啦」、「球員選球不小心啦」、「打擊沒發揮啦」……一切，都是藉口，都是推托之詞。只有積極實踐，拿出實力，贏得球賽，才能重返昔日棒球的輝煌與榮耀！

人，不能蹲在幽暗的角落，獨自舔傷。

心情悲痛、難過、憤怒時，只躲在角落幽閉自己、頻舔傷口，是沒有用的。要勇敢走出來，迎向陽光，發下自信的豪語，贏回榮耀與喝采呀！

美國佛羅里達州坦帕灣的光芒隊，贏得二〇〇八年美國美聯職棒總冠軍！光芒隊的總教練麥登有一個「三十分鐘規則」，也就是——「要哭、要笑三十分鐘！」

如果球隊輸球了，難過、悲傷的情緒不能超過三十分鐘，要馬上站起來、振奮自己，轉念，用陽光的好心情，好好地去準備下一場比賽。

光芒隊原本是個「隊史很爛的球隊」，也是全聯盟最後一名的球隊，但，**總教頭麥登說：「要做出改變，就是一定要改變別人原本的看法。」**

他，做到了，光芒隊做到了！他們從「最後一名」鹹魚大翻身，變成「第一名」，令人豎大拇指讚嘆！

真的，「要哭、要笑三十分鐘」，快收拾心情，迎接下一場挑戰。

成就自我 教戰守則

女子網球國手詹詠然有一次跟我說，在比賽中，若輸球，心裡當然很難過，可是，她往往連難過的時間都沒有！

為什麼？因為，在國外打職業網球比賽，輸球了，要趕快收拾行李，再上網，查賽程，趕往下一個行程、趕下一個比賽；可是，有時人生地不熟，她跟她父親教練又沒有專車接送，往往必須背、扛著行李，趕火車、趕高鐵、或趕飛機……哪還有時間難過？

的確，贏了，很開心；輸了，收拾行囊與心情，趕快往下一個目標前進。

「要哭、要笑三十分鐘」，不能讓悲傷情緒一直延續呀！

在人生旅途中，順利出航後，還是會不時遭遇暴風雨！不過，就是要「提防暴風雨」，才能讓船隻穩住，不至於翻覆、滅頂。

● **要學習接納心中的四季**——人生的心中有春夏秋冬，有開心、高興、憤怒、悲慟……然而，四季是必然的，輸贏是常有的；只要化悲憤為力量，就可以不畏懼生命中的暴風雨。

● **旅日職棒名將王貞治說：「只要勤練習，就能離開低潮！」**——每個人都要勤練自我專業，就一定會有表現機會，自然會脫離低潮。

● **沒有過不了的火焰山**——在低潮中，處處可能是險惡之地、或酷熱難耐，但，不能心灰意冷、不能頓失意志！「沒有過不了的火焰山」，只要不輕

言放棄，就能渡過難關。

堅定信念，就能再上路——在比賽中，就是要「keep the faith」，堅定信念，才能創造奇蹟！

沒有目標、沒有信念，就像風中的蠟燭，一下子就被吹熄。對於信念，就是要「熱情、熱情，再熱情」！

13

改變就是要敢變

學歷，代表過去，
學習力，代表未來！
勇敢積極比輸贏重要。
主動站出來，
自信、勇敢秀出自己，
表現自己的才華，
才能嶄露頭角。

前一陣子，我捐贈了四千多本個人著作給屏東縣政府教育處，分送給縣內兩百多所中小學；在捐贈儀式中，有八百多位各校的校長和老師蒞臨，也參與了我的專題演講。

在藝術館的會場，全都坐滿了人，唯獨前兩排的保留座空了二十多個位子，我告訴會場最後兩排的老師們，請移駕到最前面來坐，因為，我不喜歡我在演講時，前面的座位是空的。

想一想，聽演唱會時，最前面的座席票價是最貴的，不是嗎？坐最前面，跟主講人、主唱人、男女主角的距離是最接近的，不是嗎？於是，後面的老師們，陸續地移駕到最前面來坐。

我告訴老師們一個故事——在英國有個小女孩，她父親告訴她，凡事要儘可能坐到最前排。上課時坐最前排，最清楚，也最專注；而且，最前排，通常是老闆、主管坐的。人，就是要看重自己，勇敢地坐到最前排、勇敢表現自己，有一天，才能變成主管、老闆。

也因此，這小女生聽從父親的話，凡事儘量往前坐，勇敢坐在第一排最好、最專心、最認真！這小女生最後成為英國第一任的女首相——柴契爾夫人。

在這演講會中，我點了兩名前排的老師站起來回答問題，她們都很緊張，可是她們也說，很感謝我，讓她們有機會從「最後一排」，坐到「第一排」，也讓她們聆聽並看見很棒的內容和影片。

很多人一輩子不敢坐到最前排，他們的習慣是躲在後面——最好老師、主管不要點到他們的名字。可是，**如果一直躲在後面，怕被點名站上台，別人如何看見你？你如何把自己推銷出去？勇敢地坐到前面、勇敢站出來，才能被別人看見、才能行銷自我啊！**

在一次某大學演講會中，前排只有校長一人獨坐，我告訴現場大學生，誰願意主動坐到校長旁邊，請趕快行動；因為，這就是一個機會，你可以告訴校長：「我是×系×年級學生×××，如果校長有什麼事需要我幫忙，我很樂意……」

各位，如果你敢主動開口，校長對你印象深不深刻？一定很深刻！將來有機會時，校長會不會想到你？一定會！

所以，在某鎮的演講會上，一女學生不時和旁邊的同學講話，我看不下去，就請她坐到第一排的鎮長旁邊。

我對這名女生說：「妳是多麼地幸運，可以坐在鎮長旁邊，認識鎮長，並且專心聽演講，何必吱吱喳喳和同學講話？妳如果表現好、態度好，很認真，說不定鎮長很喜歡妳，收妳為乾女兒，妳豈不是賺到了？搞不好，將來鎮長還會把一些財產分給妳……」

哈，當然是開玩笑的！可是，**勇敢坐到前面，你的態度是認真、有勇氣、有熱情的；畏縮、躲在後面，你的態度就是保守、自我設限、沒有勇氣的。**

您知道嗎，「勇敢積極」比「輸贏」重要！

自信、勇敢秀出自己、表現自己，才能嶄露頭角、讓人看見你的才華。

作者在馬來西亞吉隆坡演講時，
千餘讀者擠滿會場、席地而坐聆聽的場景。（戴晨志提供）

現今，是一個「三低」的時代——「利率低、薪水低、信心低」，生活真是苦悶啊！

可是，即使利率、薪水都低，你的信心不能低呀！在不景氣的年代，你我都要「超高信心」啊！

人，就是不能向命運低頭，因為——「生存的條件，就是要忍受！」

在日子不好之中，態度、信心要更堅定！凡事抱持正面、陽光的態度，勇敢「亮出自己」、勇敢「坐到前排」，勇敢「邁開腳步、尋找生機」，那麼，好運自然會降臨在我們身上啊！

自我成長 教戰守則

《小王子》一書裡，狐狸曾對小王子說：**「真正珍貴的東西，用肉眼是看不見的，只有用心來體會。」**

可不是嗎？用心體會我們的四周，看看那些積極行動的同學、看看教學認真的老師，也看看事業有成的學長、校友……他們往往都有許多「特質」，但絕不是「輕鬆過日」、「懶散不行動」、「畏縮閃躲」的特質。

有句話說：**「超越習慣，才會有不同的感受。」**你若不習慣發問，那就嘗試舉手發問吧！你若不習慣多與老師、校長、主管請教，那請你嘗試多準備問題，向他們溝通、請益吧！

「改變，才能應萬變；
改變，就是要敢變！」

● **勇敢親近成功的人，拉近彼此的距離**——要成功，就要和成功的人做朋友，就要站在巨人的肩膀上。當機會來臨時，主動接近成功者，坐在前排、坐在他們旁邊，你，將來就是成功者，就會習慣坐在前排。

● **「觀念若能通，滿面是春風；觀念若不通，口袋也空空。」**——其實，座位坐哪裡，並不一定是那麼重要，重要的是「觀念」，就是要有自信、有勇氣，敢接近成功人士、敢與有成就的人當朋友、敢為自己製造機會！

● **凡走過，不只要留下「痕跡」，還要留下「業績」**——業績，不一定是成績，或數字上的意義，業績也可以是「人脈」。朋友多、老師多、前輩多，「人脈存摺」就會愈來愈多！

● **「學歷」代表過去，「學習力」代表未來**——學歷不夠好，沒關係，再繼續努力；但，學習力才是最重要的關鍵！當一個人停止「熱情的學習心」時，就代表他老了。所以，讓自己充滿主動的學習力，才能永保青春、有活力！

14

從玩家變成行家

要愛你所學，
要有目標、有熱情，
讓興趣變成專業，
自我追尋、超越自我，
不能原地踏步，
才能出奇致勝！

在現今社會中，「證照」常是一個人被肯定的文書證明，所以各行各業都需要有「執照」，例如，醫師、律師、會計師、保險經理人……等等。只有拿到證照，才是你「有實力、夠資格」的標記。

高雄私立復華中學資料處理科三年級的學生蔡承翰，他原本成績不好，只能唸私立中學，但他立志在高中時要拚證照，讓自己成為一個備受肯定的人。於是，蔡承翰把考取證照當作高中生涯的努力目標；別人天天上網打線上遊戲，或在聊天室裡聊天，他卻每天花七、八個小時在讀書，或在電腦前練功考證照。

蔡同學的一位學長曾經考取了三十九張證照，順利地以推薦甄試考上國立台北科技大學，給了他極大的鼓勵和啟示；所以，他每天朝著目標努力，兩年下來，他竟然考取了「四十二張證照」，打破歷年來考照記錄。

蔡承翰後來獲教育部頒發「技職傑出獎——證照達人獎」。蔡同學說，考取四十二張證照，幫助他走出國中階段學業成績不佳的心理陰影，現在的他，更有自信了！而且他說，考取證照的秘訣，就是——**「一直朝著設定的目標前進，專心準備就對**

了！」

其實，在我們一生之中，「**只要愛你所學，有信心、有熱情，就不會感到辛苦！」**

很多人在成長、學習過程中，遇見的困境是——

一、**沒有目標，不知道自己喜歡什麼**——每天只知道起床、上課、怕遲到被點到名；不知道自己的興趣是什麼？

二、**對做事沒有熱情**——每天繳交老師指定的作業而已，找不到可以讓自己全心投入、熱情打拚的目標。

三、**做事沒毅力，做一行、怨一行**——有些學生想轉系，覺得自己的系不好、別的系更好！可是，想轉，又懶得轉，每天得過且過，過一天、混一天。

其實，我們每個人都要培養自己的興趣與嗜好，來「提升自己的工作表現」和「自我價值感」。我們都要在學習過程中，騰出時間，做「樂在其中的工作」。

所以，請記得，要「愛你所學」啊！

不愛自己所學，你做它、學它幹什麼？

你知道嗎，「熱情」是你一輩子安心立命、享受榮耀的重要因素啊！沒有熱情，你的生命就是平凡、平淡、平庸，沒有動力、沒有企圖、沒有衝動！

所以，每天的一小步，就是一生的一條路！

每天在這條充滿熱情的道路上「走一小步」，你的人生道路，就會愈接近成功、勝利與榮耀！

不要再浪費時間在「聊天室聊是非」、與同學逛夜市、上網遊戲、或談些八卦無聊的話題；多花些時間精力在「今天的功課」吧！**今天的功課，就是——「自我追尋、超越自我，不能原地踏步！」**趕快為自己的目標努力，就像「證照達人」一樣，充滿熱情、追尋自我目標；因為，**「愛你所學，有目標、有熱情，什麼都不苦啊！」**

成就自我 教戰守則

有個計程車司機說，他每天最苦惱的事，就是——沒有乘客的時候。為什麼呢，因為當有乘客上車時，他當然會根據乘客要求的目的地直開；可是，當他開空車在路上時，根本不知道該往哪裡走？往左？往右？往前？真的，一個人在沒有目標時，是最徬徨、最無助的時刻，他只能盲目地過日子；就像開空車的計程車司機一樣，沒有方向和目標，他只能隨便開、碰運氣。

可是，人怎能如此沒目標地「碰運氣」呢？人怎麼不自己「訂定方向和目標前進」呢？就像本文中的學生，他們自訂「考上證照」的目標，逐步圓夢，毫不僥倖！

你看看，大街小巷裡、車水馬龍中，到處都是人！人潮、人潮、芸芸眾生；在這麼多人之中，差異在哪？就在「心」——心，是一個人最大的戰場！

有些人的心，清楚目標，積極向前；有些人無所事事，等吃、等玩、等睡……人就是要有目標、肯努力，才能掌握自己的人生呀！

● **要讓自己的興趣變成專業，才能出奇致勝**——成就事業，不必一定選擇偉大的目標；有人研究蛋糕、拉麵、貼紙；有人會翻譯、有人當導遊……只要有興趣，都可以從「玩家」變成「行家」。當自己的興趣成為專業時，就是最棒、最精采的人生。

● **知道為何而活、為何而戰，才能朝夢想前進**——千萬不要說「我不知道會什麼？」「我不知道要做什麼？」生命給自己一個機會，就是要自己找出最精采的「亮點」。別讓自己成為一個「沒有目標」的計程車司機！你要清楚方向、改變命運。

●**在茫茫人海中，你要成為「一眼被看見的人才」**——你做事態度積極嗎？你習慣遲到嗎？你勇於任事嗎？你有企圖心、有創造力嗎？你需要主管緊迫盯人嗎？……只要你是懂得自我要求、有能力的人才，你就能「一眼被看見」。

●**在不確定的世界中，要有自我明確的聲音**：「我要做什麼？」「我要得到什麼？」「我要過什麼樣的生活？」——這個世界是很不確定的，但，你的心，要有一個明確聲音：「我就是要成為什麼樣的人！」心中一直有自我明確的聲音緊盯自己，就能調整步伐、勇敢向前！

15

積極勇敢嘗試
創造出自我天才

要以今日之我，勝過昨日之我；
也以明日之我，勝過今日之我。
時間花在哪裡，
成就就在那裡！
不要輕看每一天的努力，
你的用心與實踐，
將來都是發光發熱的源頭！

當我進入藝專就讀時，我的心是難過、挫敗的；因為，經過補習一年之後，居然還是大學落榜。多麼羨慕其他同學唸國立大學啊！

可是，自己能力不夠、努力不夠，只能唸三專，又能怪誰啊？

是的，不能怪誰，也不用埋怨了，唸三專就唸三專，自己訂計劃，努力往前走就是了。於是，我下定決心，新生盃的任何藝文比賽，我都要報名參加！

我主動參加了演講比賽，但沒有得名。

後來，我又參加詩歌朗誦比賽，也沒有什麼好名次。不過，學校的詩歌朗誦隊需要比較多的人手，所以最後我也入選為校方詩歌朗誦隊的一員。

其實，參加演講或詩歌朗誦比賽的目的，在於自我訓練，以及膽量的培養。在比賽之前，我總是會不斷地練習；一個人先自擬講稿，然後跑到空教室裡，站在講台上自我練習。或是，自己跑到操場和司令台，自我演練。

你知道嗎，每一次的練習，都是自我挑戰和進步！

因為，只要你願意花時間練習，「你這一次，一定會比上一次好；你下一次，一

定會比這一次更好！」這也就是梁啟超先生所說：**「要以今日之我，勝過昨日之我；也以明日之我，勝過今日之我。」**

信心在哪裡？在每一次的自我實踐當中！

在藝專念書，我住校。當同學還在睡覺時，我自己先起床，在校園裡、在教室裡、在操場司令台上，不停地演練！二年級時，我又參加校內演講比賽，終於得到冠軍。後來代表學校，參加全縣演講比賽，也拿第一名。

你知道嗎，那時候，信心就完全建立起來了！在班上、在系上、在訓導處校方……大家都知道「你是第一名」，甚至，還被挑選為「全縣青年節大會主席」，必須在青年節慶祝大會上，面對數萬人，擔任主席講話的重責大任。

所以，我要告訴年輕的朋友們——**「時間花在哪裡，成就就在那裡！」**

不要輕看自己大學生活中每天的努力，因為，你的用心與實踐，將來可能都是你發光發熱的源頭。

藝專唸了三年，在畢業典禮上，我被選為「畢業生致答詞」的代表；在服兵役、新兵訓練時，我也主動參加演講比賽，每個星期的比賽我都拿第一名，都放榮譽假，直到最後總冠軍。

付出，必有代價。得獎，更是自信心的添加！

此時，你知道自己的優點在哪裡？你也知道上天賜給你的優勢與才華在哪裡？

後來，我在部隊中任何演講比賽，我都拿第一名，沒有拿過第二名！我知道，我要更加用心演練。站到台上雖然會緊張，但是，要克服緊張、要不斷練習！因為——

「認真態度、帶來進步！」

「只要敢報名、敢站到台上，就是挑戰自己、磨練自己！」

「只要勇敢完成比賽，就是勝利，也是一項榮耀的紀錄！」

回想念小學、國中、高中時，我也曾參加過書法比賽、作文比賽，成績也都不

在藝專念書，我常朗讀報紙，練習演講，
也在青年節慶祝大會上，擔任主席致詞的任務。（戴晨志提供）

錯！這些，都是比較「文靜」的比賽項目。

而我的家人和認識我的人都知道，我是「很靜」的人，平常不太愛說話；許多人在一起時，我很少大聲地高談闊論，也從來不是大家矚目的焦點。所以，當別人知道我得到演講比賽第一名時，總是會驚訝地說：「真的嗎？不可能吧！他不是不太愛講話嗎？」

事實上，老天都賜給我們不同的才華，我們不能讓自己「空有才華而不自知」呀！「不愛說話」，不等於「不會說話」啊！

我知道，練習演講是我自己「自我挑戰」的方式，而且，從自我演練當中，我得到了「自信與肯定」。

所以，機會在哪裡？機會在於——「勇於嘗試」、「自我信心」、「努力實踐」與「積極創造」之中啊！

親愛的年輕朋友，你的優勢在哪裡？趕快想一想，去找出你的優勢。

你的才華在哪裡？你的專長在哪裡？趕快靜心思考一下。你要有自信，去找到自己最棒的才華；也要有勇氣與毅力，不停地去練習。

我認識的一名女學生，她以前不曾參加比賽，但受到我的鼓勵，勇敢地參加「英語演講比賽」，以及「英語即席演講比賽」，雖然沒有得名，但也認識了許多志同道合的朋友；最後到美國留學，順利拿到碩士學位回國。

天才，有人是天生的，但也有人是自我創造出來的。

你，只要願意找到自我優勢，積極訓練，就可以「創造出自我天才」啊！

成就自我　教戰守則

有一年的十二月三十一日，我受邀前往馬來西亞吉隆坡。做什麼呢？在年底的這一天，大家不都是準備放假、跨年、過元旦假期嗎？可是，那天我應邀在吉隆坡，做「跨年上課」，因為有許多年輕人，他們放棄兩天假期，來參加兩天一夜的「跨年進修」。

有人在跨年狂歡，有人看跨年煙火秀，有人參加飲酒派對，有人整夜上網，有人睡一整天的大頭覺……可是，那一群吉隆坡的年輕人，自己交錢、付費，一起參加「跨年上課、學習」，因為，他們覺得，必須更用心學習、吸收新知，不要浪費時間在狂歡派對。

有時，當我們在睡覺時，別人在努力向前跑；當我們在嬉戲時，別人在努力衝刺！

誰？是誰偷走了你我的時間？

自己！若不懂得把握時間、善用時間，有人就在狂歡、唱歌、上網、MSN、看電視、閒聊時，自己偷走了自己的時間。

所以，**「認真態度，創造自我高度。」**

「今天不努力，明天就會後悔。」

● **自己訂定目標，主動報名參加校內的任何比賽。勇敢報名、上台，訓練自我信心。每一次的比賽，都是挑戰的開始；每一次的上台和出賽，都是自己美好的經驗。**

● **參加比賽，有沒有得名並不重要，重要的是認真準備的過程。若得名，當**

關於愛情
when we talk about LOVE

然很棒，值得慶賀；若沒得名，也不要沮喪，因為參賽的經驗都是最寶貴的。它，就是最美的實踐！

- 你也可以主動參加校外的比賽，校外有公家或企業界主辦的演講比賽、英語演講比賽、辯論賽、研習營隊……你都可以積極參與，並且認識更多的老師，以及志同道合的朋友。

- 「困難、困難，困在家裡萬事難；出路、出路，出去走走就有路！」人生路，自己走。窩在家裡、宿舍裡，都不是健康、有意義的事；勇敢主動創造機會，好運自然接二連三而來，你就可以不斷累積經驗和人脈了！

積極主動 小事當大事做

成功，不會造訪懶惰的人！
經濟不景氣，就業市場一路悲鳴，
只要有創意、有實力，積極行動，就不怕被埋沒。

PART-4

16

想成功的人沒有悲觀的權利

專心做好一件事，
才能成就大事，
但只要懂得裝備自己，
添加自我實力，
就能渡過悲慘的谷底，
進而邁向復甦與繁榮！

我曾到陸軍高中去演講，在三千名學生之中，有一名身材英挺的「實習旅士官督導長」，給我留下很深刻的印象；因為，他又高又帥，一臉迷人的笑臉，站在學生群之中，就顯得很出眾、醒目。

其實，要在三千人之中脫穎而出，成為群體中的「領導人」（Leader），是極不容易的；除了要有出眾的外表、儀態之外，也要有很棒的內涵。

這名「實習旅士官督導長」說，原本他家境不錯，父母把他送到新加坡去，放在寄養家庭讀書，可是，他連英文字母都不會背，一個字也看不懂，所以被降級讀書。年幼的他，只好躲在棉被裡哭泣。

初二時，他父親生意投資失敗，家中負債累累，沒錢繼續供他唸書，所以把他叫回台灣，而且，爸爸也和媽媽離婚了。

這孩子知道家道中落，只好報考陸軍高中。他的英文進步了，學校英文老師為了訓練他參加全台英語演講比賽，逼他每天大聲唸英語。

這孩子對我說：**「我們英文老師帶我到籃球場上，要我站在球場中線，老師則站在底線……老師說：『你要大聲講英語，講到我聽得到、聽得懂為止！』所以，我經常在眾目睽睽之下，站在籃球場中線，大聲唸英文給老師聽！」**

當時，我聽了有點訝異！這孩子竟被老師逼得在籃球場上「大聲朗讀英文」。而且，他還說：**「我們英文老師還帶我到各教室和餐廳，要我用英語演講給各班學生聽，也用V8攝影機，錄下我演講時的神情，再告訴我，我的優缺點……」**

就這樣，這孩子英文大大進步了，也得到全台灣高中職英語演講比賽第十名。

他，得到全台灣高中職第十名，並不是第一名，但是，第幾名不重要，重要的是，他這種自我訓練、鍛鑄的過程，是一個人堅毅向上的印記；他不畏眾人的眼光，大聲唸英文，讓自己更有信心、更有膽識，最後，他成為眾所矚目、軍校學生中閃耀的明星人物。

每個人，都是要——**「窮中立志，苦中進取！」**

你我的每一天，都是一個「嶄新、復活的希望與力量」！

在太陽升起的每一天，我們都沒有「悲觀的權利」；我們都必須充滿著「嶄新、復活的希望與力量」，向前衝刺！

當我在當世新大學系主任時，有一個星期日早上，我到辦公室去準備校外演講的資料，並抽空找空教室練習。當我到達辦公室旁的教室時，我發現，這教室門窗緊閉，有人在裡面講話；我站在外頭仔細聽了一陣子，判斷是只有一個人在說話。

我敲了敲教室門，一個學生來開門；他一開口，就笑笑地對我說：「主任好！」我問他：「你在做什麼？」因為，星期日早上是沒有課的。這名學生回答我：「主任，我在練習演講啦！下星期要參加校外演講比賽，我必須加緊練習……」

噢，沒想到，這小子竟然來跟我「搶教室」，關起門，獨自在裡頭練習，害我不敢和他在同一教室裡練習演講。但是，我很開心、也很欣慰，因為我看到這名學生，就像看到「年輕時候的我」——我總是找空教室、空操場、司令台，自我訓練演講。

在大學要學什麼？除了學知識之外，更要學「積極行動力」！

因為，「行動力」比「死知識」更珍貴、更重要啊！

空有知識，卻不去實踐、去履行、去表現，又有什麼用呢？

「專心做好一件事，才能立足於市場！」

「專心做好一件事，才能成就大事！」

人，就是要專心、專注，做好自己最棒、最強的事，才能把自己推銷出去！

有人敢在籃球場上練英語，有人專找空教室、司令台練演講……

「成就，不會造訪懶惰的人！」因為，希望與力量，就在每天積極不懈的實踐之中呀！

所以，**「善用時間做鮮事，不要天天看電視啊！」**

成就自我　教戰守則

「有五隻青蛙爬坐在圓木上休息，其中，有四隻決定要跳走，請問，圓木上還剩下幾隻青蛙？」答案是，「五隻。」為什麼呢？因為「決定」要跳走的青蛙後來都沒有跳走，他們都還停留在原地；**「決定」和「行動」，是兩回事**。

這是美國紐奧良遇上三級颶風卡崔娜來襲後，造成滿目瘡痍的景象，眾議院厚達五百多頁的「卡崔娜調查報告」中的一句引言。

「決定救災」與「真正執行救災」，是兩件事；就像那五隻青蛙「決定跳走」，後來卻沒有「真正跳走」一樣。

「有決定、沒行動」，人，還是會原地踏步。這也就像是「有心動、不行

動」一樣。

一個人要提升競爭力，就是要行動，而不是空想呀！

●**享受行動、享受壓力**——每次行動，就會有壓力；但，沒有壓力，如何能進步？多方接觸資訊、實際參與製作、甚至付費學習技能、留意每個可能的機會……這樣，畢業就不會失業。

●**積極樂觀、正面思考**——人生中有許多路障，樂觀的人，會懂得克服逆境，悲觀的人，唉聲嘆氣。樂觀、積極、正面思考的人，就像一雙性能超越的球鞋，會幫助我們跳躍過層層的路障、度過人生的難關。

●**人生再啓動、自我改造**——日本趨勢大師大前研一說，有心改造自己的人，絕對不會說「沒時間」這句話。要讓自己「自我改造」，就要讓腦袋充滿點子；因為，職場上的競爭就是「比構想」、「比創意」、「比溝通力」。所以，年輕學子就必須在現有基礎上，不斷充電，也讓自己「reboot（再啟動）」。

讓自己「從谷底、復甦、到繁榮」——經濟不景氣，讓就業市場經濟一路悲鳴，每個人的收入大受影響。可是，景氣低落，怎麼辦？在掉落谷底之後，只有一條路，叫做「往上爬」。只要懂得裝備自己、積極添加實力、用心經營自己，就能度過悲慘的谷底，進而邁向「復甦」與「繁榮」的生命！

17

一小時的實踐勝過24小時的空想

用心、細心的人，
心中就會充滿信心。
成敗靠用心，
輸贏靠細心！
人不能只是空想。
我們要做思想的主人，
也要做具體實踐的人。

俗話說：「一日之計在於晨。」我的名字當中，有一個「晨」字，大概就是我爸媽希望我在早晨時，有志氣、肯早起，儘快多讀書、多做事。所以，我是個早起的人，平常不熬夜，寫作的時間，也多半是在早晨，因為，早晨是我的頭腦最清醒、最清楚的時候。

也因此，我算是一個「早晨有志氣」、「晚上沒啥志氣」的人，哈！

不過，關於「一日之計在於晨」這句話，我倒覺得不是很正確，因為，一大早清晨時，才來開始規劃一天要做什麼，是有點慢了。

我有個習慣，每天晚上除了要檢視「今天該做的事，做完了沒」之外，我也會在睡覺之前，把明天所該做的事，列一張清單，清楚地寫下「明天該做的事」。

所以，我會說——**「一日之計在昨夜。」**因為，早上如果睡得很晚，爬起來時，腦袋還迷迷糊糊，要趕車上課、工作，哪裡還記得今天一整天要做哪些事？沒有事前的明確計劃，可能就會出紕漏、會遺忘一些該做的事！

真的，「一日之計在昨夜」，假如我們在睡前已確定寫下明天該做哪些事，我們

心裡就會很篤定、很踏實，也會睡得很安穩，而不會在明天早上瞎著急、遺東忘西。

這，也就是所謂——**「成敗靠用心，輸贏靠細心。」**

用心的人、細心的人，心中就會充滿更多的信心，也會在天亮清晨的一大早，自信、愉快地開始經營一整天的時間。

在《秘密》一書中，提到所謂「吸引力法則」；作者在書中強調——**一個人就像一塊強而有力的磁鐵，會將腦中所想的、所要的，慢慢地吸引到自己身邊。所以，我們所想的、所要的，所發生、所成就的事物，常常來自我們腦中的思想。**

真的，「思想」使人有思惟、有方向、有計劃！

但，想，不能是「空想」。我們要做思想的主人，也要做具體實踐的主人。因此，**「一小時的實踐，勝過二十四小時的空想！」**

多想想「吸引力法則」啊！我以前三專畢業，我想出國，考托福，鍥而不捨，考了八次，終於通過考試。

廣　告　回　信	
台北郵局登記證	
台北廣字第2218號	

時報出版
CHINA TIMES PUBLISHING COMPANY
尊重智慧與創意的文化事業

地址：台北市108019和平西路三段240號7F

電話：（0800）231-705（讀者免費服務專線）

（02）2304-7103（讀者服務中心）

郵撥：19344724 時報文化出版公司

網址：www.readingtimes.com.tw

請寄回這張服務卡（免貼郵票），您可以——

●隨時收到最新消息。

●參加專為您設計的各項回饋優惠活動。

讓 **戴晨志** *老師喜怒哀樂的作品，陪伴您一起歡笑、成長。*

寄回本卡，您將可獲得戴老師的最新出版訊息。

◎編號：**CLZ0044**　　書名：**力量來自渴望**

姓名：

生日：　　年　　月　　日　　性別：□男　□女

學歷：□1.小學　□2.國中　□3.高中　□4.大專　□5.研究所（含以上）

職業：□1.學生　□2.公務（含軍警）　□3.家管　□4.服務　□5.金融

□6.製造　□7.資訊　□8.大眾傳播　□9.自由業　□10.退休

□11.其他 ____________________

地址：□□□ ______________________________

____

E-Mail：______________________________

電話：(0)____________(H)____________(手機)____________

您是在何處購得本書：

□1.書店　□2.郵購　□3.網路　□4.書展　□5.贈閱　□6.其他

您是從何處得知本書的訊息：

□1.書店　□2.報紙廣告　□3.報紙專欄　□4.網路資訊　□5.雜誌廣告

□6.電視節目　□7.資訊　□8.DM廣告傳單　□9.親友介紹

□10.書評　□11.其他

請寫下閱讀本書的心得、建議或想對戴老師說的話：

____

____

____

____

____

____

____

____

我想申請美國大學，從三專直攻研究所，我做到了，也在一年半後畢業了。

我想當電視記者，我以第一名考上了。

我想申請美國大學博士班，我做到了，也三年畢業，拿到學位了！

我想在大學教書，我當上了系主任了。

我想辭職，專職寫作，成為專業作家，我也這麼做了，也做出了一些不錯的成績！

真的，「吸引力法則」告訴你我——你的心，開始思考、建構藍圖，也積極去做、去實踐，那麼，你所想要的東西，就會逐漸地被你吸引到自己的身邊，你就是一個「實踐夢想、美夢成真」的人了！

成就自我　教戰守則

中國大陸有一名女企業家李惠，到了四川大學的校園裡，在地上擺出了擦鞋工具，親自為大學生來「免費擦鞋」。她，為什麼要這麼做呢？因為李惠出生於貧困家庭，小學畢業後，就輟學到外地工作；她在建築工地幫人煮飯、幫人帶小孩、也學過裁縫。

後來，她隻身到成都擺地攤，也以修拉鍊、擦皮鞋為生。在賺了一些錢和積蓄之後，她租了一個小店面，幫別人修鞋和乾洗衣服的服務。幾年下來，她的工作越做越大，甚至在全中國各地開設分店。如今，她在大陸擁有二千多間的乾洗、擦鞋的連鎖店。

李惠說，她曾經到人力市場招募工作人員，可是一般大學生沒興趣做

作者於美國奧瑞崗大學獲博士學位時留影。（戴晨志提供）

「補鞋匠」，有些人做了沒幾天就辭職了。所以，她親自蹲下來幫大學生擦鞋，以行動告訴面臨就業的大學生：**「工作沒有高低貴賤之分，小事業也可以變成大事業。」只要放下身段，有目標、堅持信念，一定會成功。**

●**不能好高騖遠、眼高手低，凡事從卑微細節中開始學習**——求職、工作先從見習、從微小處學起；就像許多電影巨星，都是從臨時演員、跑龍套開始做起。只要有目標、有志氣、工作用心細心，連幫別人擦鞋也能成為大老闆呀！

●**慧眼抓機會，慧根拚職場**——大學生在校時，可以多找機會打工、工讀、實習；畢業後，不能長期在家待業。人，就是要有企圖心，也要「學習力」、「精進力」，讓自己在職場上脫穎而出。所以，要用「慧眼」抉擇自己的工作，也用「慧根」來展現你的實力。

●**小事當大事做，沒事盡量找事做**——在工讀或見習時，請記得，要把每件小事盡力做好；這，也就是「小事當大事做」的心態；而且沒事，就要盡量多開口，主動去找事情來做。輕鬆，並不是最好的。輕鬆、沒事做，你就學不到經驗；主動找事來做，就一定學習更多。

●**做大人物之前，先要當小人物；成就大事之前，一定要先做小事**——沒有一個人，一開始就是「大人物」的。稱職地做好「小人物」的角色，才能被看見、被肯定，才能被賦予重任，而逐漸成為大人物。所以，先做好每一件小事，才能成就大事，才能成為大人物呀！

18

力量來自渴望
成功來自堅持

做一行，怨一行，行行皆困難；
做一事，終一事，事事皆成功！
改變心境，
就能脫離困境，
命運自然也會跟著好轉。
抱持認真態度，
用心完成每件事，
就會事事順利！

鴻海企業董事長郭台銘，是台灣最有錢的大老闆，而鴻海每年的尾牙，也是最受媒體矚目的大戲；因為，郭台銘為了激勵員工士氣，經常送出高額的獎金或股票，令人驚呼連連、瞠目結舌！

二〇〇九年初的尾牙餐會中，員工的最大獎是「四百張鴻海股票」，換算鼠年封關股價，一股五十九元，四百張股票就市值「兩千三百六十萬」啊！

這麼大的獎項，抽到的人一定樂不可支，馬上變成人人羨慕的千萬富翁。所以，在餐會中，每個人莫不期待「幸運之神降臨」，能夠得到最大獎！

抽獎時間到了，照例由郭台銘本人抽出大獎。這些大獎，可能是年輕上班族一輩子也奮鬥不到的金額。那時，大家無不屏氣凝神，因為，有幾位千萬元，也有好幾位百萬元的幸運得主，馬上就要揭曉！

當郭台銘快抽出「兩千三百六十萬」最大獎的號碼時，大家的心，都快跳出來了！老天，是我吧！讓我是那個「幸運兒」吧！我這麼努力，為鴻海犧牲奉獻，就讓我得到這個大獎吧！將來，我為鴻海做牛做馬、赴湯蹈火，也在所不辭……

在場的每個員工，各個睜大眼睛，豎直耳朵，仔細聆聽台上老闆報出的得獎號碼——這幸運號碼終於抽出了，現場歡聲雷動，也唉聲嘆氣！可是，主持人唸了這幸運號碼三、四次，竟然沒有人瘋狂地衝上台！

誰呀？……是誰抽中了「超級千萬大獎」？是誰……怎麼沒有人來認領？主持人唱名了三十秒，真的沒人上台！原來，被抽中號碼的員工，因有事提前離席，已經離開會場了。

哇，太棒了，人，不在現場，視同棄權。大家一陣鼓掌叫好，又燃起了一絲希望——再抽一次，這次，老天，你行行好，讓大獎落在我身上吧……郭台銘與現場主持人，繼續地在台上抽獎……

就這樣，那位原本可以成為「兩千多萬富翁」的員工，與財富擦身而過，錯失一夕之間成為超級富翁的機會，令他扼腕、搥胸不已！

哪有什麼事，比抽到「兩千多萬元」重要？可是，提前離席，幸運之神眷顧到你時，你卻不在，你卻被視同棄權！於是，幸運之神走了，飛去找別人了！

快二十年前，我在美國唸書時，大家爭上電腦課，因那時電腦才開始興起，要選修到電腦課很難。上第一堂課時，我提前到達教室，看到任課教授也已經抵達。

教授一直站在教室門口，我有點納悶，他站在門口幹什麼？**可是，等到上課鐘聲一響，教授就把門關起來，做什麼？清點人數！看看到達教室的學生共有幾個人？還有多少空缺名額？遲到、還沒來的，通通不准再進來選修上課，這些名額，留給已經在現場等待候補選課的同學！**

不久，有些同學匆忙跑進教室，想來上課，可是教授說：「對不起，你遲到了，你的上課資格已經被取消了；因為，剛才你不在教室裡，視同棄權，我已經把你的名額讓給其他人了！」

氣嗎？恨嗎？鬧嗎？沒有用！在美國大學裡，教授有絕對的權威，他可以自訂規矩。況且，是你自己遲到，怪誰啊？

當我們看重某一件事時，我們就會把它放在心中最重要的地方，我們也就會「早到晚退」。可是，當我們不看重那件事時，我們就會「遲到早退」。

我們的用心在哪裡，手腳的行動力就在那裡！

老闆的關愛眼神，絕不會落在一個經常「遲到、早退」的人身上啊！

「早到、晚退」，老闆才能看見你的用心和表現，幸運之神，也才會降臨在我們身上！

成就自我 教戰守則

我喜歡看電影，也常去看一些三輪電影。可是，我的記憶力不太好，常常記不起片名，也記不清楚男女演員的名字。

不過，我卻清楚記得，其中一部電影內容的對白——**「別在倦怠時退場，力量來自渴望！」**做任何事情，都可能有倦怠、疲累、挫折、被嘲諷的難過情緒，以致心情大受打擊；可是，在受傷、倦怠、悲觀時，千萬別提前退場、打退堂鼓，因為「力量來自渴望」啊！

渴望、渴望、渴望！你渴望這一生的目標是什麼？你渴望的生活是什麼？你渴望的事業是什麼？除非有「渴望」的願景，人，才會生出力量！沒有渴望，怎會逼出奮力向前的力量？

真的，在「渴望的目標」尚未達成時，千萬不能輕言放棄、輕率退場，否則，將來回首一看，自己沒有成就、平凡過日，會是一大遺憾呀！

● **把心念轉過來，命運就會轉過來**——想放棄時，心念要趕快翻轉過來，告訴自己「絕不放棄」，因為「力量來自渴望」。心念一轉，「改變心境，就能脫離困境」，命運自然也會跟著好轉。

● **做事、赴約，不是要「準時到」，而是要「提早到」**——在各地的演講，我總是訂下「提早半小時抵達會場」的目標。因為，「準時到」，交通會有變數，可能造成延誤、遲到。所以，提早到，就心安；不能成為一個「愛遲到、愛開溜的人」呀！

別讓幸福來過，又遠離——就像前文中的鴻海員工，本來「兩千多萬元」的尾牙大獎就要降臨，卻因提前離席，而與財富擦身而過。很多目標，眼看就要達成了，可是若輕言放棄、退場，幸福可能就此遠離，真是可惜呀！

做一行、怨一行，行行皆困難；做一事，終一事，事事皆成功——抱怨多了，事事無成；抱持認真態度，用心完成每件事，就會事事順利、成功！

真的，「力量來自渴望，成功來自堅持！」

19

做一個無可取代的自己

要做，就做到最好、最令人難忘的！
只有做出獨特創新、令人激賞的成績，
才能傲視群雄、脫穎而出啊！
每個人都不要小看自己，
要好好發揮，
做出一個無可取代的自己。

很多人喜歡種些小盆花放在室內，讓空間有紅、有綠，生氣盎然。可是，有時候忘了給小盆栽澆水，或是幾天不在家，盆栽缺水，小盆花就枯死了，好可惜喔！

在工業研究院第三屆「全國創意競賽」中，有一名高中學生鄒仲庭，就設計出個創意作品——「尖叫盆栽」，就是小盆栽器皿在植物缺水時，就會發出「啊——」或是「救救我——」的求救叫聲，來提醒主人趕快澆水，不然我就快枯死掉了！

這個有趣的創意作品，獲得「最佳原創概念獎」和「最具發展潛力獎」。

鄒仲庭是國立科學工業園區實驗高中二年級的學生，他的「尖叫盆栽」，是結合溼度計和擴音器設計；也就是說，當裝盆栽的器皿感受到內部土壤濕度不夠時，就會透過擴音器發出求救的聲音！這創意，真是有趣、又實用，也獲得了兩萬元獎金。

另外，一項「全國大學校院行銷創意大賽」中，來自政大和台大五名資訊管理所學生組成的團隊，以「行銷台灣鐵路策略」，贏得校園行銷大賽冠軍，也賺得了十萬元獎金。

到底如何「行銷台鐵」，可以得到冠軍呢？這些學生提出方案——台鐵常誤點，包裝和行銷都不好；可是，如果民眾在買台鐵車票時，可以「選伴」、「配對」，跟喜歡的人坐在一起，那麼，一定可以打響知名度，也提高民眾搭乘台鐵的意願。

也就是說，在買台鐵車票時，你可以選擇旁邊者的條件，包括職業、性別、年齡、長相……隨你挑，這樣，就可以和你喜歡的人一起坐火車，一起旅行！這個發想，和國外飛機商務艙可以挑選旁邊者條件類似，也就是「座位配對系統」的設計。

哈，搭火車可以「選伴、配對」？那太好了，大家都來選帥哥、美女坐在旁邊，多棒！可是，想得美噢！萬一，一個歐巴桑輸入電腦，說她是二十二歲，你挑到她，坐在她旁邊一起旅行，豈不嘔死了，趕快提早逃下火車吧！

我在埃及旅行時，坐船遊尼羅河。每天住在船上，然後一站一站地到各個景點去參觀、遊覽。尼羅河兩旁，都是乾旱無比的沙漠，只有河邊是有河水灌溉的小綠洲。

一天，我們遊玩上岸、回房間時，我赫然發現，我的床上竟然有一隻「小鱷魚」！天哪，這隻小鱷魚真是可愛，牠是服務生在清理完房間之後，用床罩、毛巾所創作出來的可愛造型；而且，還利用我的帽子、墨鏡，裝飾小鱷魚的頭，還叼著一個電視遙控器。

哇，這隻趴在床上的小鱷魚，真是唯妙唯肖，很創新、很可愛，不是嗎？

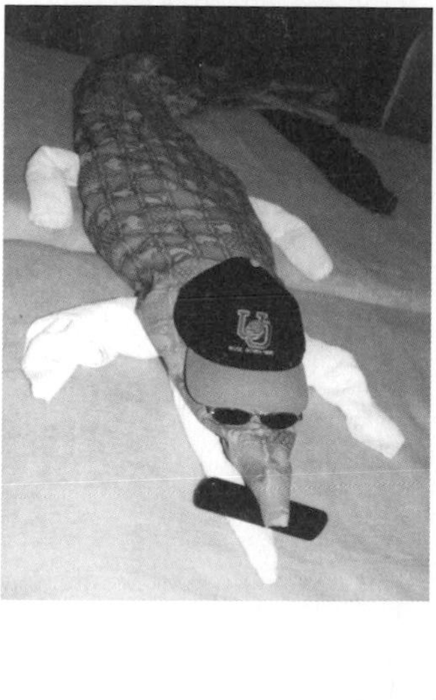

一個服務生，要打掃那麼多房間，可是他的心，是快樂、有創意的！他不苦悶，也不埋怨，他在每個房間，都簡單俐落地做出一個令人窩心、欣喜的創意造型！這，真是個頂尖的服務生啊！

在虎尾，有一家「好家庭工廠」，設計出像蛋糕模樣的毛巾；這些「好好吃、好可口」的蛋糕，有草莓、有巧克力、有奶油、有布丁……等等不同的造型，每個都讓人垂涎三尺，想趕快拿來吃一口！可是，它是毛巾，看起來漂亮、很好吃的「毛巾」。

普通毛巾，沒有多少價值，賣不了太多錢；可是，一旦造型改變，它的價值就改變。它，因著造型可愛、討人喜歡、有創意、有市場，而售價大大提高，產品也供不應求。

所以，要做，就做到最好的、最有創意、最令人難忘的！

因為，「稀」才能「貴」啊！

人，如果沒有「與眾不同」的創意與才華，就會在芸芸眾生之中被埋沒。

人，只有做出「獨特創新」、「令人激賞」的成績，才能傲視群雄、脫穎而出啊！

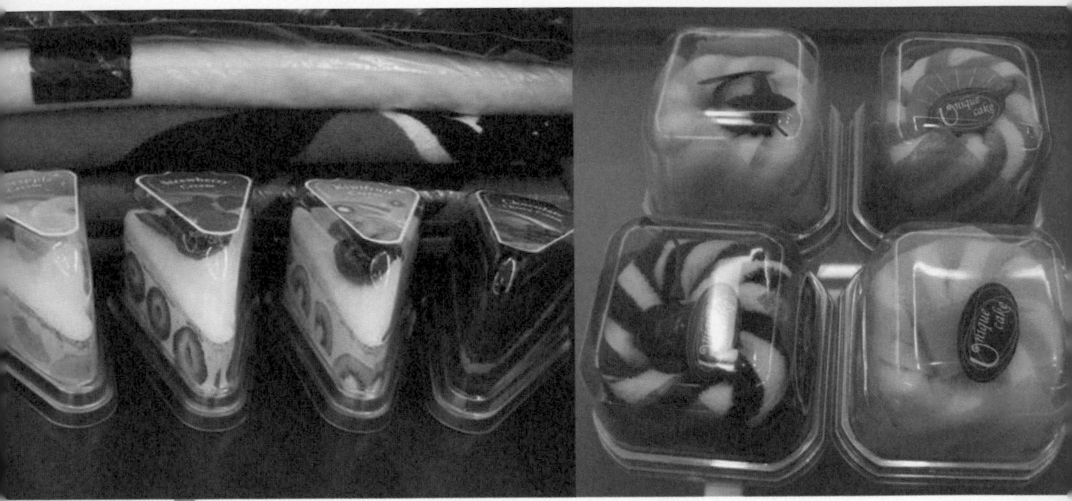

「好家庭工廠」設計、出產的蛋糕形狀的毛巾，好漂亮、好好吃，令人垂涎三尺。（戴晨志提供）

成就自我 教戰守則

現在年輕人失業、找工作，第一個想到的就是人力銀行，只要把手上的履歷透過網路，就可以送到數十個、上百個公司的人事部門。而台灣首創人力銀行的一〇四人力銀行總經理楊基寬，以前就是一名失業者，他用創意，改變了他自己的命運。

楊基寬成大外文系畢業，工作一段時間後，失業兩年；在這段期間，他一直思考：「連我都找不到工作，別人也一定很難。」一天，他忽然發現網路的便利性，再與「失業」聯想在一起，於是，他一頭栽進結合「網路」與「求職」的人力銀行，實踐他的「生意」與「社會責任」兼顧的工作理想。

一個人，只要有創意、有實力，就不怕被埋沒。

順著天份做事，也做自己最喜歡的事——每個人來到這個世界，老天都給我們一個天份，這個天份就是我們最喜歡做的事，或是自己廢寢忘食、無怨無悔都願意做的事。能順著天份做事、發揮創意、造福他人，就是一件最快樂的事。

逆著個性做人，也熱情結識朋友——每個人都有自己原本的個性，而個性，會決定命運。所以，不要只認識自己喜歡或原本的朋友，也不要只做自己喜歡的事；多認識一些原本不喜歡的朋友、多做一些原本不會的事、多嘗試一些自己原本不熟悉的生活，試試無中生有，自己就會有更多的創意，也會有更多成長的空間。

●**做一個無可取代的自己**——每個人都不要小看自己，但，也不要過度放大自己。上天給我們天份，我們都要好好發揮，做出一個無可取代的自己。

●**不要太在意得失、起落**——一時的不如意，並不要太在意，因為，球是圓的，不如意也只是暫時的，將來一定會有東山再起的契機。一時的成功，也不要太開心，因為人生很長，將來還要更小心、謹慎，才能「守住成功」，否則，大起大落的人，比比皆是呀！

20

止跌回升
U型復甦之路

只有哀號，
不能療傷、止痛；
唯有充滿鬥志，
才能重返榮耀。
不斷觀察、學習，
用創新的腦袋，
加上持續不斷的熱情與行動，
才能打敗危機，
享受成功的契機與商機。

曾經帶孩子到美國夏威夷去旅行，看到流著火紅的岩漿、看到一波波洶湧而來的沙灘和衝浪，也在夜晚看見滿天數以萬計的閃爍星星……

當然，到夏威夷去旅行，租了一輛車子全家逍遙遊之外，一個景點是一定要去的，那就是「珍珠港」。

珍珠港，是一個響亮的歷史名詞，因為，是日軍發動了「偷襲美軍珍珠港基地」，才將美國捲入了第二次世界大戰。

那天，我們很早就抵達珍珠港，因為遊客甚多，要進入珍珠港內參觀，一定會大排長龍。果真，到了現場，排隊的隊伍，已繞了一大圈，我們排了一個多小時的隊，才得以入內參觀。

在珍珠港園區內，可以看見各種歷史照片，包括日軍神風特攻隊轟炸美軍基地的實況、珍珠港一片狼籍的慘狀；也可以在視聽室內看到日軍偷襲時的記錄影片，更可以搭船到附近外海，親自看見被日軍炸沉的美軍軍艦！

這沉入海底的軍艦，已經腐鏽，但，夏威夷政府在沉入海中的軍艦上方，蓋了一座莊嚴的紀念館，來紀念遭到日軍轟炸身亡的英勇戰士。

這些場景，雖然是陽光普照，但，一走進去館內，卻充滿著肅穆與哀戚的氣氛，令人感傷……

其實，在珍珠港園區內，最令我感到驚奇的是，有一項產品，在紀念品店內熱賣，大家都爭相搶著購買！是什麼產品呢？是——「舊報紙」！

哪有什麼「舊報紙」可以大賣、特賣呢？

原來，那是「日軍偷襲珍珠港」當天的號外。

這張舊報紙上面寫著斗大的頭條標題：

「戰爭！日本飛機轟炸歐胡島」（WAR! OAHU BOMBED BY JAPANESE PLANES）

這份報紙，是當時一九四一年十二月七日，星期天，夏威夷當地的真實號外，導言中寫著——「羅斯福總統今天早上宣稱，日本飛機轟炸了馬尼拉和珍珠港兩個美軍基地……」

PEACE
Shooting Ends In Pacific
Pittsburgh Sun-Telegraph Extra
Truman Names MacArthur To Head Jap Occupation
U. S. CRUISER SUNK
883 Die In Disaster
Holiday For U.S.
U. S. GOES ALL OUT ON WINNING PEACE
MacArthur Hails Peace
Officer Kicked During Row
Jap Downed After 'Peace'
Pacific Trips Called Off
MARTIN PROCLAIMS TWO-DAY HOLIDAY
Baby Drowns In Bathtub
LOST IN THE PACIFIC
PETAIN CONVICTED, SENTENCED TO DIE
Jap War Lord Ends Life
All Stores Closed Today

Honolulu Star-Bulletin 1st EXTRA
(Associated Press by Transpacific Telephone)
SAN FRANCISCO, Dec. 7.—President Roosevelt announced this morning that Japanese planes had attacked Manila and Pearl Harbor.
WAR!
OAHU BOMBED BY JAPANESE PLANES
SIX KNOWN DEAD, 21 INJURED, AT EMERGENCY HOSPITAL
Attack Made On Island's Defense Areas
Hundreds See City Bombed
Names of Dead and Injured
Schools Closed
Editorial

這兩份歷史意義非凡的號外，一直是珍珠港園區內最熱賣的商品。
從舊報紙中，依稀可以看見當時的震撼、悲慟與歡呼……（戴晨志提供）

另外一份舊報紙，是一九四五年八月十五日，星期三的號外，上面印著紅色的斗大標題：

「和平，太平洋戰爭結束」（PEACE, Shooting Ends in Pacific）

內文中也提及：「日軍無條件投降，杜魯門總統任命麥克阿瑟將軍接收日軍的佔領地」（Truman Names MacArthur To Head Jap Occupation）

這兩份歷史意義非凡的舊號外報紙，一直是珍珠港內最熱賣的商品，它雖然一份只賣約美金三點五元，但它，一直印、一直賣；不斷地印、不斷地賣！因為，它太有歷

ruman Names MacArthur
o Head Jap Occupation

WASHINGTON, Aug. 15.—(AP.)—Japan surrendered unconditionally last night. History's most destructive war is over except for formalities.

President Truman released the stirring news at 7 p. m., Pittsburgh time last night. Arrangements must still be completed for the signing of formal surrender terms. Gen. Douglas Mac- has been appointed Supreme Allied Command er to receive the surrender. Then V-J Day will be proclaimed.

"Meantime," the President announced, "the Allied armed forces have been ordered to suspend offensive action."

And while the world celebrated with unrestrained joy he ordered a Jap governmen (which once had promised t dictate peace terms in th White House) to stop the w on all fronts.

Through Secretary of St Byrnes and the Swiss legati Mr. Truman did the dictat

He decreed that the Jap ernment:

史價值了！我們現代人，沒有經過戰爭的摧殘和苦難，但從這些沉封半個多世紀、六十多年的舊聞、舊報紙中，我們依稀可以看見當時的震撼、驚慌、破壞、死傷、悲慟……

相信，在歷史上，從來沒有一份報紙是可以熱銷六十多年而不墜的，而且，它會一直熱賣下去，因為，夏威夷遊客非常多，這些舊報紙，會是珍珠港園內「最賺錢、最熱銷」的產品。

我常在想，夏威夷政府真是聰明、有創意，竟能靠「一些舊報紙」來大賺錢！我們呢？棒球，是我們最自豪的球類運動，過去，我們也曾經多次拿下世界少棒、青少棒、青棒「三冠王」，以及奧運棒球亞軍的榮耀……

然而，現在台灣棒球逐漸衰弱，屢次在國際大賽中敗陣；而且，中華職棒二十年開打了，馬英九總統和夫人周美青都到天母棒球場開球、觀戰、打氣！可是，我們的球場設備又差、又簡陋，廁所又髒、又臭、又阻塞不通；一遇下雨，球迷淋成落湯雞，很多人難掩失望的心、也難忍惡臭的氣！

我也曾帶孩子到台東紅葉少棒紀念館去參觀，那是在山地的部落，也是台灣紅葉少棒的發祥地，所以縣府在那兒蓋了一座紀念館。館內，有許多當時紅葉少棒擊敗日本和歌山少棒（世界第一名）的光榮歷史，也有許多球員的照片、剪報，以及球員現在或存或亡的記錄，令人不勝唏噓！

可是，紅葉少棒紀念館內，參觀人數稀寥可數，賣的產品也是昂貴的棒球和球棒。假如，紅葉少棒紀念館內能賣當時擊敗日本和歌山少棒的全版光榮舊報紙，我相信銷量也會不錯；中華職棒，若能賣昔日中華棒球的光榮歷史戰役的精美彩色專刊、

特輯，相信也會是球迷很想存留的美好記憶。

每個人，都要從挫敗、療傷中，勇敢站起來！

珍珠港的舊報紙，重啟人們「日軍偷襲珍珠港、發動戰爭」的記憶！但，也希望人們摒棄戰爭、邁向和平。

中華棒球，曾有榮耀的過往，但，**「只有哀號，不能療傷、止痛；唯有充滿鬥志，才能重返榮耀！」**

珍珠港園區，用沉船、舊報紙 、紀念品，來吸引無數世界各國的旅客，賺盡別人的錢……但，我們最自豪的棒球，竟連一個乾淨、像樣的棒球場都沒有。

沒有創意、沒有大破大立，如何躍上國際、耀武揚威?你、我，以及球團、企業都一樣，**「今天如再混，明天準完蛋」**啊！

有創意、有突破，你我才能找到「U型復甦之路」——找到讓行情「止跌回升、穩定向上」的U型復甦的康莊大路啊！

成就自我 教戰守則

有一位朋友到大陸北京出差，投宿在一家大飯店裡；隔日離去時，他把未用完的洗髮精、洗面乳、潤絲精、浴帽……等物品，一起都帶走。在櫃檯辦理退房時，櫃檯小姐告訴我這位朋友：「趙先生，剛才我們清潔人員已經看過您住的房間，發現浴室內裡的所有物品您都已經帶走……」

「啊?!……洗髮精、洗面乳不能拿嗎?」我的朋友有些驚訝。

「噢，不，您可以拿走那些東西！我是說，您既然那麼喜歡那些東西，我們特別為您再準備一套那些盥洗用品，做為紀念，歡迎您下次再來光臨我們的飯店！」櫃台小姐笑嘻嘻地說。

我這朋友傻眼了，他說，他走遍許多國家，第一次碰見如此客氣、周到的飯店小姐，他以後還要去那家飯店。

有一次，我在大陸四川成都住了一家飯店，驚訝地發現，他們在房間的書桌上，竟然提供了一個精緻多層的文具盒，裡面有筆、紙、訂書機、迴紋針、尺……如此周到的服務，我也是第一次看見。

創意，是一個人與企業致勝的關鍵呀！

● **要多發揮觀察力，發現並學習別人的創意**——別人的好點子、好觀念、好做法，我們都可以用心觀察，並且記錄下來。敏銳的觀察力，是洞燭先機、再創新意的必備條件。

● **老師、主管若要求A，我們就要做到A^+**——用創意與認真的態度，來要求自己做到高標準。「比別人多想一步、多做一點」，就能在小細節上做到更完美。

- **多用相機、錄影機，記錄下別人的創意**——只看，不記、不拍攝下來，好的創意一下子就忘了；用心地拍攝下來，可以讓自己印象深刻，並與他人分享。

- **打敗危機，才能享受契機與商機**——觀念老舊、心態保守、產品沒有突破，就會陷入危機。只有不斷觀察、閱讀、學習，用創新的腦袋，加上持續不斷的熱情與行動，才能打敗危機，享受成功的契機與商機。

等待機會 不如把握機會

機會，在哪裡？機會，就在行動裡。
只要發現最好的自己，磨練自己的長才，
厚植實力，處處都是機會呀！

PART-5

21

凡事往好處想
來的都是好的

想要有精彩的人生，
就必須以實際行動，
積極的用生命來交換，
努力朝向目標前進。
年輕時要勇於行動、創新，
成為生命的勇敢戰士！

在一場國立大學EMBA、高階企業經理人的演講中，我提到簡單的數字遊戲：

1x1x1...x1

一乘一，乘以十次，答案會變多少呢？答案很簡單，當然是「一」啦。可是——

1.1x1.1x1.1......x1.1

也就是1.1乘1.1，乘以十次之後，答案會變多少呢？我想，答案就不容易算了！我問學員，有人猜十，有人猜八……正確答案多少呢？你要不要用計算機算一下？答案是「2.85…」。

假如每天進步一點點，日積月累，積極、不斷地進步、再進步，那麼「乘以十次」之後，答案就變「二點八五…」可是，如果每天懶散一點、懈怠一點、沒有目標、無所事事……

0.9x0.9x0.9......x0.9

亦即，「0.9」乘以十次以後，答案會變多少呢？我問學員，有人答：「0.8」，有人答「0.7」……正確答案是多少呢？請你親自用計算機算一下好嗎？相信你的印

象會更深刻！答案是「0.31…」

啊？「0.9」自乘十次以後，會變「0.31…」而已呀？

這，就是「積極」與「懈怠」截然不同的命運！

有人在自我生命中，加入了「正向」、「積極」、「堅持」、「永不放棄」的因子，每天努力朝向自己的目標前進，那麼，他們的成績就愈來愈亮麗，業績愈來愈加倍！

可是，有些人個性偷懶、萎靡、沒有目標、不願積極行動，那麼他們的命運，可能就是極普通，甚至是「倒退魯」的景象。

☺

在上完這高階企業經理人課程之後的隔兩天，我接到一名女學員的來信，信中，她寫到：

戴老師：日安！

感謝您上課時提到……

1x1x1…x1＝1

1.1x1.1x1.1…x1.1＝2.85…（乘10次）

0.9x0.9x0.9…x0.9＝0.31……（乘10次）

一直以來，我都認為我的數字是

3x3x3……x3

現今的我……「充滿自信」、「財務獨立」、「事業小成」，我每天都很忙碌、快樂！

今天一大早，我趕忙拿起您的有聲CD，放進音響內，昨天上課的情境再現；而老師圓沉嗓音伴著適切的背景音樂，使得穿透出來的敘述更具影響力與感受力！這是今天最棒的開啟！真是……太棒了！……

接到這封信時，我真是太意外、太驚訝了！因為，很少人如此自信地告訴別人說——「我的人生數字是3x3x3…x3」

「3」自乘十次之後是多少呢？答案，你可以自己算一下。答案是「59049」。可是，重點不在「59049」，而是在自我生命的「自我努力」、「自我鞭策」、「鍥而不捨」、「創造命運」……

就像這名女企業經理人所說：「我充滿自信、財務獨立、事業有成……」她，是一家顧問公司和會計師事務所的總經理，也為自己的生命，開創出一片藍天！

「不跪地，怎能聞花香？」一名攝影師說：「要拍出花的氣味，就要蹲下、跪下，以謙卑的態度貼近花朵！」

人，也是一樣，想要有精彩的人生，就必須以實際行動，積極的用生命來交換！所以，**「少年時要狂，目標遠大、胸懷天下；青年時要闖，要勇於行動、創新，成為生命的勇敢戰士！」**

因為，「上半輩子不猶豫，下半輩子才能不後悔！」

成就自我　教戰守則

最近有一名讀者寫信給我，內容提到：

祝福＋祝福＝很多的祝福。

祝福－祝福＝心「靈」的祝福。

祝福×祝福＝無限的祝福。

祝福÷祝福＝唯一的祝福。

這個「加減乘除」的祝福，真有意思！當我們為別人祝福時，也別忘記「看好自己」，也為自己祝福。

在人生奮鬥過程中，難免有傷心、挫敗，但，「來的都是好的！」人就是要學習祝福自己、凡事往好處想——**「做事，往好處想；聽話，往好處**

想；逆境，往好處想；失敗，往好處想。」多往好處想，人就不會悲觀，就不會絕望，就會絕處逢生，否極泰來！

● **面對前途，要紮實不懈的準備與努力**——許多國家考試的狀元與榜首，在分享自己準備考試的秘訣與心法時，都異口同聲地說：「紮實不懈的準備與努力，是唯一法則。」去拜拜、上香是沒什麼用的；了解自己的強項，用心、不放棄，才會有上榜的好運來臨。

● **別讓自己手上的瑰寶不見了**——小時候，我們總是胸懷大志、信心滿滿，期待將來的志願、夢想成真；可是，有時志願、夢想卻愈來愈小。一生中，有人攀上高峰，有人沉浮坎坷，但，我們手中本來是握有瑰寶的，別讓這美麗瑰寶消失不見呀！所以，要發現最棒的自己，要青春不留白，也要盡全力地追夢！

●**要投資健康、投資知識、投資交友、投資自己的市場價值**——人生的投資，不只是金錢，還要把自己的身體照顧好，也要讓自己有更專業的知識，更要讓自己有開闊的心胸、堅強的意志力，提升自己的市場價值。人生要有許多「不敗的投資」，才能使自己的幸福基金更豐厚。

●**別讓自己容易「動肝火」**——人一生氣，動肝火，情緒就會失控！所以，「脾氣來了，福氣就跑掉了！」有個高爾夫教練說：「打球時，最大的敵人不是對手，球場也不是，而是自己；若是耐性不夠，脾氣不好，球一定愈打愈糟糕。」生氣憤怒時，別動肝火，「先處理心情，再處理事情呀！」

22

做人要誠 做事要真

等待機會，不如把握機會；
把握機會，不如創造機會。
培養令人愉悅的人格特質，
才會在校園中、職場中，
讓自己脫穎而出啊！

留言人：大陸浙江大學生

内容：Dr. Dai戴老师，您好！我来自大陆浙江，现在念大三（五年制），最近看了您的书，很受鼓舞，但是也存在一些问题，希望您百忙之中能抽出时间，替我指点迷津，不胜感激。

以前我总是与世无争，但是现在越来越感觉，这个社会要是不学著和别人竞争，将会完全没有容身之处；而且我坚信，自己是一个有潜力的人，以前是光说不做，空有一腔热血，而且越不说，本事就越流失。现在，在您的鼓舞下，我决定要实践，时间不等人，在我犹豫的时候，别人就又上了一步。

我也知道人脉很重要，但是到现在我也不知道应该如何跨出这一步。有些同学自身能力虽然一般，但是却很会做人，很圆滑，有的甚至过了分，但是不管他们人品怎样，事实是他们坐上了很高的位置。

我不想像有些人那样鬼精鬼精的，但是我想知道我应该从何做起？我不知道如何去和老师靠近，总觉得有障碍，只能维持很普通的师生关系。我是学外语的，很羡慕

那些和外教一直黏在一起的同学，其实也想过去找外教，但是总觉得很冒昧。（而且大三了，我们已经没有带我们的外教了。）

准备毕业了考研究生，但是按照这样的关系下去，我都不知道该找哪位老师写推荐信呢。总是觉得要是突然打扰老师，很冒昧，很不好意思。

所以想请教戴博士。

非常感谢，保重身体，事业蒸蒸日上。

戴老師的回覆——

親愛的浙江大學生，謝謝你的來信！其實，在學生時代，「與世無爭」並不是一件壞事，因為，學生的本份與責任，就是學習，就是把自己的能力與本事裝備好。所以，當學生要爭什麼呢？要爭，就是要爭——「自己有沒有進步？自己的專業能力更精進了沒？」

在學習過程之中，人就是要「積學儲寶」，也讓自己倒空，裝更多的知識進入自己的腦袋。同時，再檢視你的專業與別人相差多少？但，如何檢視呢？那就必須透過學業成績、課堂表現，或是成果競賽，抑或是上台的表現……

事實上，每個人都是有潛力的，因為，人是為勝利而生的！但最重要的是，不能光說不練，也不能是——「只會說，不會做！」也因此，「少抱怨，多實踐！」既然你說，你是有潛力的，那就請你把實力展現出來給大家看！因為，你如果沒有成績表現，你如何說「你是有潛力」的呢？多少人空有才華，而一輩子從未展現出來呀！

你我，不能讓我們的才華，跟我們一起出生、一起死掉啊！

你知道嗎？**「別人沒有認識我們的義務，但，我們有自我行銷的權利！」**你唸到大學了，就要知道你的優勢在哪裡？你就要把自己的本事展示出來，這樣，才能把自己行銷出去。

多去實踐吧，抱怨、自嘆是沒有用的！只要你訂下目標，這個星期要完成什麼？這個月要完成什麼？這學期要完成什麼？……認真、落實地去做、去實踐，那你一定

會很快樂、很踏實。

所以，就像你所說的——**「時間是不等人的，在自己猶豫時，別人就又上了一步！」**這句話，說得真好！

其次，你提到「人脈」的問題。你說，「有些同學很會做人，很圓滑，有的甚至過了分……而且，他們坐上了很高的位置。」

「有些人很會做人、很圓滑……」這，我們可以把它看成是「別人的優點」；因為，有些人八面玲瓏、懂得社交、懂得抓住別人的心、懂得稱讚別人、安慰別人……這真的是很好的一件事啊！

只是，我們每個人的個性都不一樣，有些人做這些事時，做得很自然，或是樂在其中、樂此不疲；但，或許你我沒有這種個性，我們不屑這麼做，也不願太圓滑、太諂媚、太吹捧別人……這，沒有什麼對與錯，只是大家的性格不同；別人愛怎麼做，我們管不了，但，我們卻可以「管好自己」。請記得——「有實力，最神氣！」不必

有實力、有表現，人脈自然愈來愈多。
人脈，是要志同道合、談得來、互相欣賞的朋友。

去羨慕別人如何圓滑、會做人、坐高位，我們低調地充實自己，有自己的專業知識與技能，你，永遠不怕沒有機會，也不怕沒飯吃，更不怕老闆換人！

不過，「擁有更多人脈」本來就是一件好事！將來有一天，你在職場上，你會發現：人脈多，辦起事來更方便，有時也會有「事半功倍」的好處。

然而，我要提醒你——**「實力重於人脈！」**

你有實力、有表現，人脈自然愈來愈多。

你若沒實力，空有人脈，也是罔然。

人脈，是要志同道合、談得來、互相欣賞

的朋友；若是酒肉、玩樂的朋友，那，不要也罷！

再來，你談到「師生關係」的互動與培養。我同意，並不是所有老師都是學生喜歡親近的。有些老師，上課很混、不用心、不認真，專業知識不紮實……學生很難去親近他們。不過，你要選擇一些你比較喜歡的老師，多親近他們、多請教他們，因為，老師再怎麼不好，歷練總是比我們多；走過的路、所見的人，以及專業技能，也一定比我豐富。

尤其，你是學外語的，更應該接近老師，多磨練你的外語。你要放開心，去接納不同的人，不同的朋友，不同的老師。

當一名老師，最不喜歡的是：「下課後，同學都不請教他、不接近他，或上課時從來不開口。」換個角度來看，角色互換，如果你是老師，有個學生很閉塞，從來不開口、不講話、不請教，你會喜歡他嗎？不，你不會喜歡他的！

你要學習其他同學的優點——開朗、大方、主動地去找外師開口，也製造機會多

多請教他們，這樣，你才會進步。

當我在美國唸碩士、博士班時，我英語不好，但，我都要主動找同學交談、主動到老師辦公室請教、發問，甚至，請美國同學充當家教，訓練我上台說英語的能力。

所以，**「等待機會，不如把握機會；把握機會，不如創造機會。」**

最後，你談到「考研究生」的事，你不知道該找哪位老師寫推薦信？這，不就是你自己的問題嗎？你上了那麼多課，認識那麼多老師，難道沒有欣賞你的老師嗎？如果真的沒有，那真的就是你的錯了！你沒有認真

在美國讀碩士班時，我總是把握機會學習語文，
圖為與助教一起參加化妝晚會。（戴晨志提供）

用心地去展現自己，使自己的才華與潛力，讓老師發現。

你必須真心、真情地與「老師、同學」交心。你必須讓老師看見你的才華。你必須有知心同學，與你一起砌磋、一起砥礪。

你的知心朋友，不一定是同班同學；你敬愛的老師，不一定是你課堂上的老師。你可以擴大你的生活圈，交一些其他學校志同道合的朋友；你也可以到校外聽演講，認識其他學校的好老師。像我，影響我最深的老師，並不是在課堂上教過我的老師，而是在校外聽演講，我主動認識的老師啊！

謝謝你的來信！再繼續加油喔！

成就自我 教戰守則

自信，很重要。人不能窩在角落裡，自怨自艾。

自律，很重要。人要自我要求，積極充實自我實力。

主動，很重要。你我都要主動創造契機，改變命運。

樂觀，很重要。人不能自嘆、自憐；要樂觀、開朗。

人脈，很重要。好的人脈，加上專業知識，如虎添翼。

敢秀，很重要。你有多少實力，勇敢秀出來給大家看吧！

實踐，很重要。「怎麼做」比「怎麼說」更重要！

祝福年輕朋友們——秀出最閃亮的自己，讓自己在人生舞台上，散發最棒、最亮、最耀眼的光芒！

多點笑容、主動與問候，就能擁有好人緣——在校園裡或職場中，只要多面帶笑容，多主動與師長、主管、同學打招呼，自然會獲得很多情誼。所以，表情很重要，嘴巴也很重要，臉笑嘴甜，自然會顯露出善意與吸引人的魅力。

做人要誠，做事要真——古人說：「精誠所至，金石為開」，意即發自內心的真誠，透過熱情的溝通與誠意的表達，就會促進雙方的感情。

「態度」是職場上是否勝出的關鍵——自信、和善、親切、樂觀、開朗……這些都是人的正面特質；但也有人的性格是自傲、自卑、懶散、消極、膽怯……所以，要多多培養自己「令人愉悅的人格特質」，才會在校園中、職場中，受人歡迎。

●**我們一開口說話，就是自己的廣告**——我們每天都在演自己的形象廣告，可是，我們也因此都必須更謹慎自己的言行；甚至包括在廁所的談話、與他人聊天、電話溝通、E-mail表達、或Blog部落格的言論，都需要小心言詞。也請記得：**「喪志灰心的話不要講，憤怒負氣的話不要講、抱怨傷人的話不要講、自誇不實的話不要講。」**

23

將N頻道轉化成P頻道

多看自己所擁有的，
不看自己所沒有的。
人生，有許多不如意和挫折，
改變心境，
才能脫離困境。
轉換負面頻道，
朝向正面頻道，
人生才會有希望和喜樂啊！

留言人：jojo

主題：有老師你的書陪伴著我，讓我更加珍惜每一天！

內容：戴老师，你好，我是来自马来西亚！我是经朋友介绍阅读你的书。之前，我每天都无所事事。总是在浪费时间，我承认我是个很懒的人。每天都在发白日梦，脑袋里都经常一片空白！

但自从我阅读了老师的书之後，才发现到我已浪费了好多的时间！所以我告诉自己，要找些有益的事来做，所以我利用休息、下班时间多多阅读。

我在想著，要不是我那位好友介绍我看你的书，我今天又会是个怎样的一个人呢？老师谢谢你。你的书真的太棒了，让我能够看清一切，让我感到有了新的生活、新的生命！

再一次的谢谢你，戴老师，感激万分！戴老师，你也加油哦！期盼戴老师新的作品！

留言人：hua

主題：人活著做什麼？

內容：我覺得生活沒有目標、沒有未來，只有痛苦，不知道活著做什麼？

戴老師的回覆——

上述兩封讀者留言，是在一個星期之內先後留下的。先前，我很開心看到馬來西亞jojo所寫：「有老師的書陪伴著我，讓我更加珍惜每一天！」可是，後來看到hua所寫：「人活著做什麼？沒有目標、沒有未來，只有痛苦……」

我在想，或許jojo的留言，可以做為給hua的回應。

前些天，時報出版莫昭平總經理在電話中和我聊起，她才換了新車沒幾天，漂亮的車身就被人蓄意刮傷，心裡很痛；可是，她說，大概只有三分鐘吧，她趕快把生氣、難過的心情轉換過來，因她不能一直抱怨啊！她的手上還戴著——「提醒自己

『不抱怨』的紫色手環」呀！

我說，車身被刮一道痕，還算小事！因為，有一次我清晨到台中市中興大學運動，結束後，要開車離去，赫然發現，我車子右前玻璃窗被打破。天哪，我一看，完蛋了，東西一定被偷光了！

當我小心翼翼打開車門，一大堆玻璃碎片掉落車內前座，也有許多尖銳玻璃還卡在窗上，一片狼籍的景象，真是死定了！

我清除玻璃碎片後，看了一下後座——我的媽呀，還好，我的公事包還在，裡面的錢包、證件，也都還在。重要的文稿資料，也都還在……哇，真是太棒了！那壞人，用安全帽砸破玻璃，只偷走了我自己加裝的「小電視螢幕」。那台小舊的電視螢幕只有一千多元，我公事包裡有兩萬多元，安然無恙，都沒被偷走，真是太快樂了！

後來，我到派出所報案，但，那是沒有用的，只是做為「保險理賠」的依據。接著，我又用厚紙板、報紙，臨時性地貼在門窗，在高速公路上慢慢地開著車回台北，再找熟悉的車行幫我裝上新的玻璃。

我講這個故事，是要告訴hua——當你在生命低潮時，一定會很沮喪、難過、挫敗。但是，也要記得——**「多看自己所擁有的，不看自己所沒有的。」**

人生，有很多不如意和挫折，但，我們要把自己腦袋中的「N頻道」（Negative），轉化成「P頻道」（Positive）；也就是從「負面思考」轉化為「正面思考」。

你我都要將「抱怨、哀鳴、自憐」的時間縮短，趕快轉換「負面頻道」，朝向「正面頻道」，人生才會有希望、有喜樂、有未來啊！

所以，**要「改變心境」，才能「脫離困境」**！

當然，我不知道你的狀況如何？但，比起那些盲人、殘障人，我們四肢健全，已經很好了；抱怨，只是自己消極的哀鳴和可憐自己的藉口罷了！

你能不能為自己勇敢做一些事？例如：

打通電話給過去的老師、好朋友，跟他們開心地聊聊。

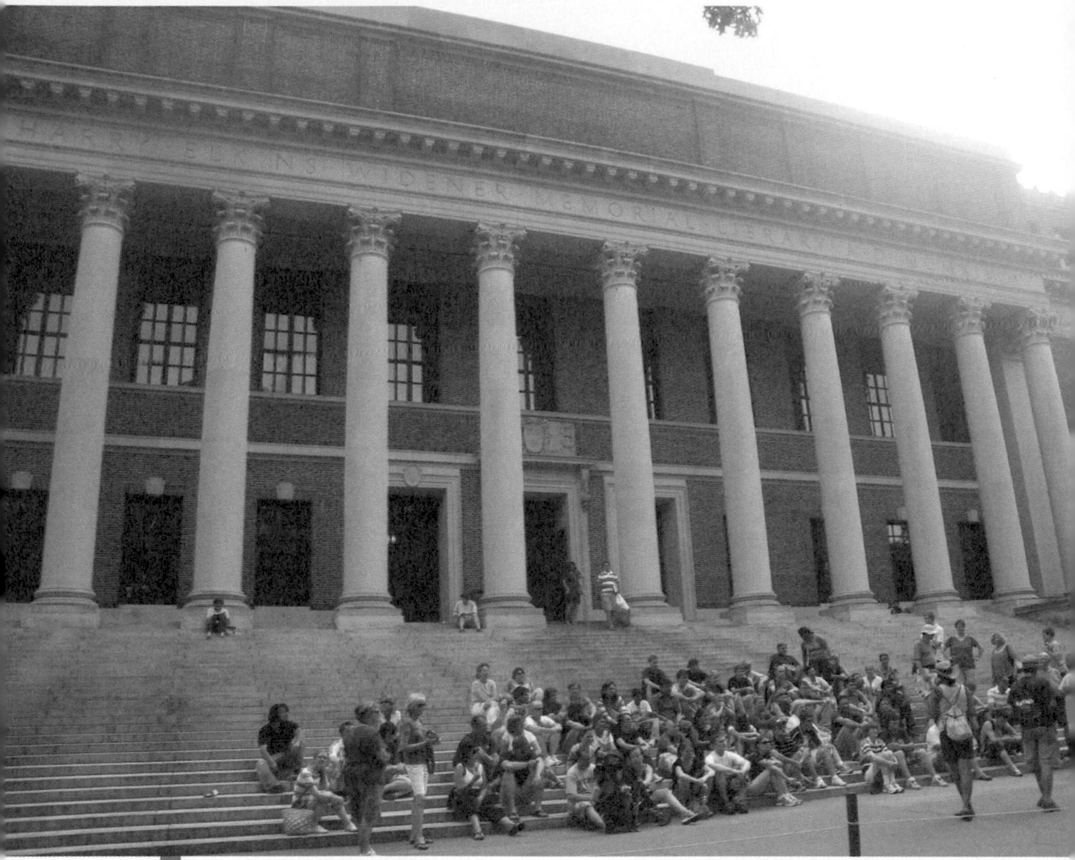

美國哈佛大學校園內，來自世界各國的暑期進修學生一景。
（戴晨志提供）

去看一本勵志書，讓自己的心情更加振奮；也主動在作者的網站留下正面、樂觀的心情，就像jojo一樣。

找朋友去看一場喜劇電影，轉換一下心情，也寫出自己的心得與感想。

主動去聽一場演講，主動結交一些朋友。

主動去探望一些育幼院、老人院，看看有沒有什麼需要幫忙的？

主動參加一些進修的課程，讓自己多學一技之長。

主動訂下自己每天學習的目標，並迫使自己用心完成。

每天閱讀報章、期刊，尋找更多創意點子。

笑臉常開，好運常來。心是冷的、灰的，看什麼事，也都是灰暗的！你要開朗、火熱，讓自己動起來！因為，「心不難，事就不難！」

主動結交信仰相同、互相鼓勵的好朋友。理念、想法相近的人在一起，彼此惕勵就會有扶持。「對的人」與「對的書」，都能幫助我們一起向上、向前。

成就自我 教戰守則

新竹中學有一名男學生范弘昊，天生沒有右手臂的下半部，也就是「沒有右手腕、手掌」，可是，他熱愛打籃球，他不斷地用左手勤練籃球，不管是運球、投籃、快攻、跳投、左手帶球切入……他總是毫無畏懼之心。

在新竹中學，范弘昊是校隊的「獨臂神射手」，他有精準的外線，也有快速移動的步伐，更有旺盛的企圖心；在三對三的鬥牛賽中，他總是挑戰難度更高的對手，來訓練自己；搶籃板時，他左手隨時快速準備單手抓搶，絕不退縮。他常鼓勵隊友：「我一隻手都可以做到，為什麼你們不行？」

「人活著做什麼？」

你知道嗎？有些人活著，像一隻蝴蝶，有些人活著，像一隻蟑螂。蝴蝶，很漂亮，精神抖擻地不停飛舞。蟑螂，總是在夜半中，從縫隙牆角處，跑出來覓食。假如，有一隻蟑螂和一隻蝴蝶，出現在桌面上，大部分的人都會放過蝴蝶，而打死蟑螂。

所以，我們要選擇當一隻充滿活力、四處飛舞的蝴蝶，帶給別人歡愉、喜樂；如果，自己選擇要當一隻蟑螂的樣子，沒有精神、有氣無力、天天哀聲嘆氣、無病呻吟，則，任誰也救不了他。

記得面帶微笑，迎向陽光，就不會害怕——不笑，愁喪著臉，誰會喜歡；這，豈不是把自己搞成像「蟑螂」一樣？笑臉常開，好運常來，你，就是一隻蝴蝶，人見人愛！你，也就不會再感到害怕。

●**珍重失敗，不需懊惱、不需隱藏**——生活中難免會有挫折與失敗，但，成功來自於失敗的歷練，失敗不需隱藏，反而要十分珍重。只要有一顆自省的心，珍惜失敗的經驗，就能讓自己亮麗再起！

●**別成為跑錯戰場的戰士**——每個人要清楚自己生命中的戰場。跑錯戰場、誤入叢林，跑到自己不熟悉的領域，自己如何打仗？找出自己的優勢、修正自己的劣勢，擺脫挫折感、再接再厲，就能在自我戰場上，大放異彩！

●**不要一直上網，試著關掉網路，關掉MSN**——不要一直沉溺於聊天室，以及長時間盯著看貧乏虛無的螢幕。「**困難、困難，困在電腦前萬事難；出路、出路，樂觀走出去，就會有路！**」

24

視野決定廣度
態度決定高度

擁有寬廣的視野、
專業的知識、
謙卑的態度，
以及情緒智慧和挫折容忍力，
就可以爬得更高、飛得更遠。
有機會多旅行增廣見聞，
是改變思惟、創造新意的方法。

每次我到世界各國旅行，我那唸國小五年級的兒子總會交代我，幫他買禮物；買什麼禮物呢？——一張不同國家出版的世界地圖。

為什麼要買「世界地圖」呢？每一張世界地圖不都是一樣嗎？噢……那可不一定喔！我兒子心裡想，台灣出版的世界地圖，台灣的位置是放在中間，可是，如果是其他國家，是不是也會把自己國家的位置放在中間呢？

我曾把兒子上述的這個觀念，在電台訪談節目中提及，後來，立刻有觀眾打電話進來說，她曾在澳洲看過「澳洲出版的世界地圖」，在那張世界地圖中，澳洲是在上面的！

我一聽，有點訝異，澳洲不是在南半球嗎？怎麼位置是在上面的？當時，我不甚了解，也沒看過。不過，後來我有機會到澳洲旅遊時，特別到書店去買「世界地圖」，一看，真的澳洲是在上面耶！

那地圖很特別，叫做「Up Side Down」的世界地圖，它是把整個全世界倒過來看；也就是——「南半球在上面，北半球在下面。」

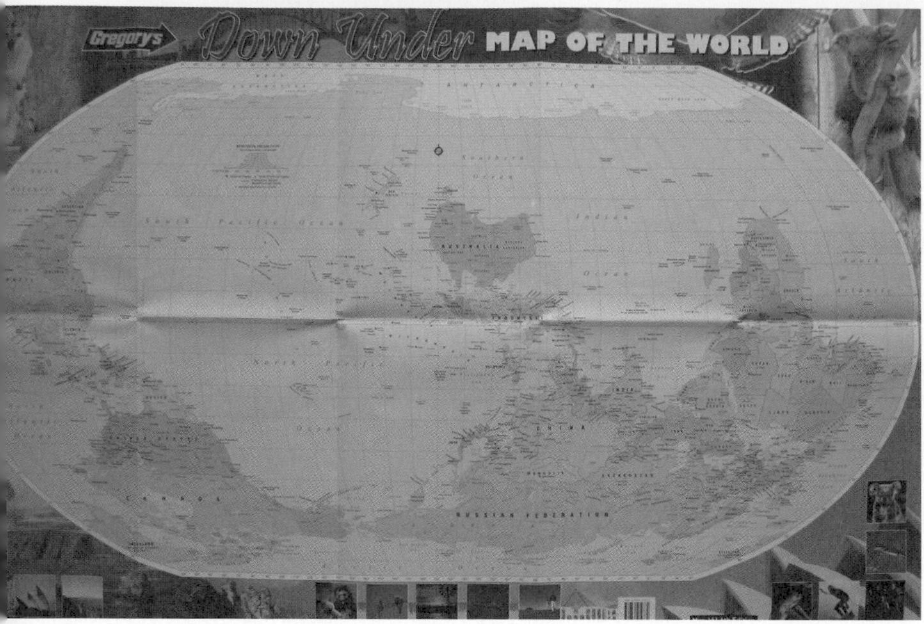

哈哈，太好玩了，這個世界，竟然也可以倒過來看！或許澳洲人在想——為什麼你們北半球的人都一直在上面？為什麼我們南半球的人不能在上面？於是，他們印製了「南半球在上、北半球在下」的世界地圖，來讓大家看看「不同的觀點」。

我買了兩大張不同繪法的世界地圖，都是澳洲在上面的印法，送給兒子。我告訴他——凡事不都是只有一個觀點，可能也有「另類觀點」。就像這兩張澳洲出版的世界地圖，澳洲也可以在上面啊！

其實，這另類「Down Under Map

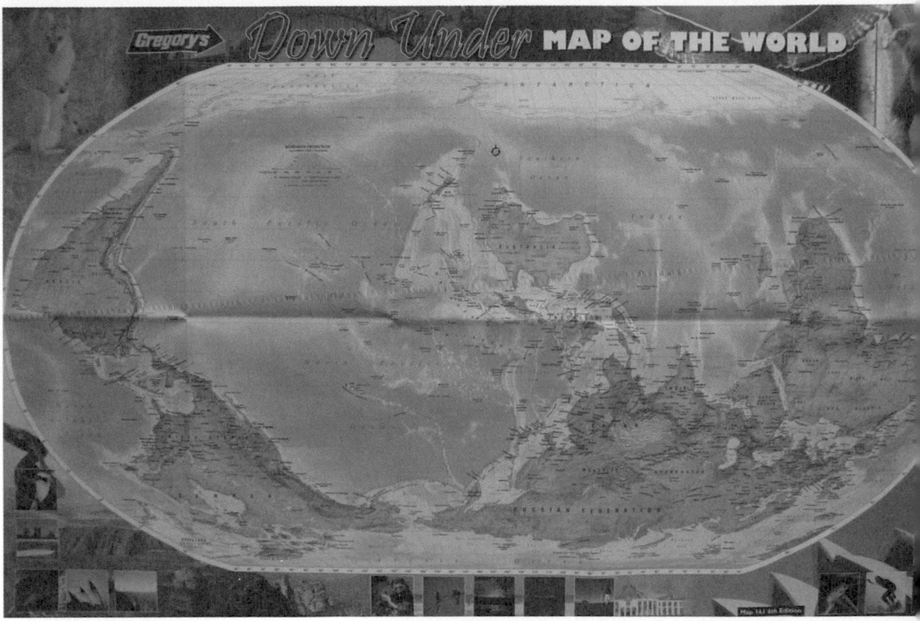

of The World」的世界地圖，是「從北往南」的看法，也異於以往我們習慣性地「從南往北看」的看法。

我仔細想，我如果開車從台北往高雄，一路往南走，那麼，我車上的衛星導航所呈現的地圖，就是顛倒著看，也就是「從北往南」看，此時，台灣的地圖也是「顛倒著看」，沒錯呀！

當我從桃園機場搭機飛往馬來西亞吉隆坡、或新加坡時，飛機往南飛，「由北往南、倒著看」地圖，也是正確的呀！

此時，我突然頓悟——有些事，正著看、倒著看，都對，只是「角度不同、位置

不同、立場不同」罷了。就像我伸出一隻手掌給你看，你看到的，是「我的手心」，而我所看到的，是「我的手背」。立場不同、角度不同，答案自然不同！

我也曾多次到歐洲，當時沒有買他們的世界地圖，不知他們出版的世界地圖，會不會把歐洲放在世界地圖中間？當然，澳洲所出版的世界地圖並不全都是倒著看的，他們也有「澳洲在下面」的一般世界地圖。

只不過，「Up Side Down」倒著看的世界地圖，讓我體會到——多學習站在不同角度看事情，而不只是站在自己的立場來看事情。

在人際溝通、衝突之中，每個人都有自己堅持的立場，但，如果我們能「多注意別人的立場、利益和感受」，就可以減少許多不愉快！

因為，面面俱到、多多注意別人的感受，才不會讓我們陷入「單向思考、只看自己、不顧別人」的思想盲點啊！

成就自我 教戰守則

最近暑假，我們全家到了美國紐約、華盛頓首府、波士頓等地旅行。在波士頓時，我們在一個海邊，看到「五月花號」的船。那艘船，是英國人為了反抗稅制、爭取自由，搭上船，千辛萬苦地航行到美洲新大陸，而建立了美利堅共和國。

我那唸小四的女兒聽到這個故事，她睜大眼睛說：「啊……從英國坐船到美國？那……很遠啊！」「怎麼會呢？英國到美國不遠呀！」「怎麼不遠？你看世界大地圖，美國在右邊，英國在左邊啊……」

哈，小孩子看咱們台灣出版的世界地圖，美國和英國，一個在右，一個在左，真的很遠；可是，她忘了，地球是圓的，地圖左右捲起來，兩國距離

歐洲、非洲在中間的世界地圖。（戴晨志提供）

就很近了。

後來，我買了美國出版的世界地圖，是歐洲、非洲在中間的世界大地圖；每個國家的思維與做法，都不盡相同呀！

●要擴展自己的知識與視野——「You are what you reading.」「You think what you see.」每個人腦中所儲存、所想的，各有不同，這個差異，在於我們閱讀了什麼、看到了什麼，也在腦袋裡儲存了什麼？這，便接著影響到我們的思考與價值觀。所以，要多閱讀、多

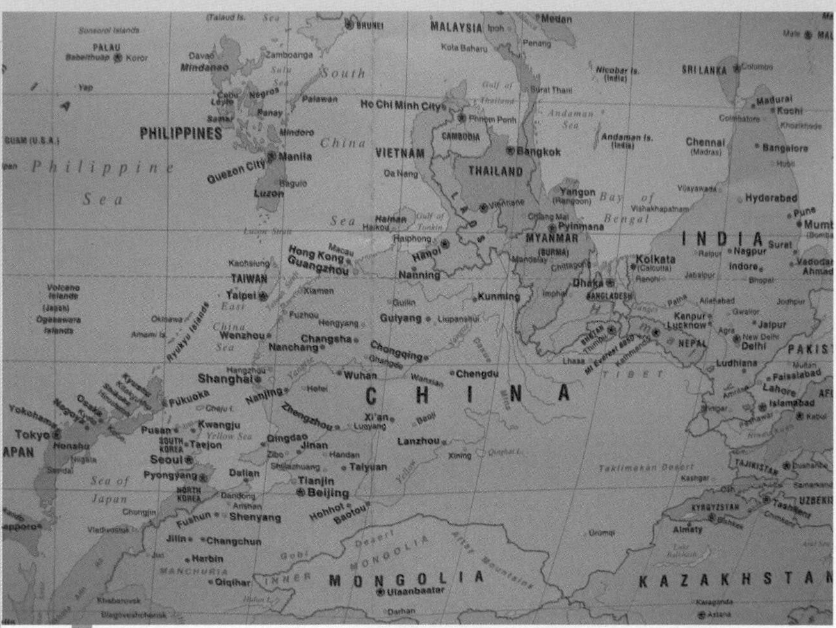

澳洲出版「Down Under」世界地圖中的亞洲。（戴晨志提供）

旅行、多觀察、多思考，來擴展自己的知識與視野。

● **用寬容的態度，去傾聽、接納那些意見與我們不同的人**——在美國唸書時，美國教授說有些印度人說Yes時，是搖頭的；說No時，是點頭的。當時，我不太相信。後來，我有機會到印度，特別問導遊。導遊說，真的，印度有一族群的人，說Yes時，要搖頭，說No時，要點頭。每個人的社會化過程不同，文化教育、家庭背景也都不同，要多一些

寬容、傾聽與接納，才能使溝通更好。

● **視野決定廣度、知識決定深度、態度決定高度**——讓自己有更寬廣的視野、更專業的知識、更謙卑的態度，也有更好的「EQ情緒智慧」和「挫折容忍力」，就可以使自己爬得更高、飛得更遠。

● **相信自己、看好自己，有機會多出國增廣見聞**——大前研一曾說：「年輕人一定至少要有五年國外生活的經驗，而且最好經歷過好幾個國家。在四十歲以前沒有海外生活經驗的人，過了四十歲，就會變得極端保守，嚴守傳統中錯誤的系統或做法。」當然，不一定每個人都有機會在海外的不同國家中生活，但，有機會多出國旅行、見識不同的文化與制度，都是改變思維、創造新意的好方法。

25

要從容用心 不要匆忙用力

衝動，就是勇氣，
勇氣，就是力量！
命運是可以逆轉的。
勇敢決定自己該走的路；
往壓力最大的地方走，
堅持到最後，
就會出現甜美、
勝利的果實。

最近，好友帶了一名「心有迷惑」的王小姐到我辦公室來。其實，這兩名未婚小姐都很傑出，都是在教育訓練界的頂尖講師，她們經常在台灣、大陸、星馬地區辦活動，也是主講台上知名的主持人和老師。

可是，怎麼說王小姐是「心有迷惑」呢？因為，王小姐是留英碩士，英語程度極佳，可以擔任即席英語翻譯，與外國人說話也對答如流；但，她問我：「戴老師，我不知道該繼續到美國唸博士？我自己有興趣，可是很多人告訴我，我的事業經營得不錯，幹嘛一定要出國去唸博士？……而且，我已經三十四歲了……」

這女孩說著，眼眶就紅了起來。的確，這是人生難以決定的重大抉擇。很多人攔阻她、苦勸她，希望她不要做傻事，不要去走那條孤單、難行，而且不一定比現在更好的路……可是，她也有夢想、有期待，想走更具人生挑戰的路。

當然，感情、婚姻的事，是可遇不可求。遇上了，男女兩人感情好，恩愛相扶持，那麼，「幾歲、要不要去唸博士」，都不成問題。這部分，我沒意見。

不過，我告訴王小姐——台灣是「博士滿街走，碩士多如狗！」當然，這是玩笑話。可是，妳有這麼好的條件，英語能力那麼強，何不再加把勁，去完成你自己一生的夢想。別人英語差、經濟能力有問題就算了，妳英語好，經濟又不成問題，那麼，唸博士，是妳可以進行的「人生投資」呀！

只要妳拿到博士學位，這個頭銜會永遠跟著妳，一直到妳離開人世為止，沒有人可以拿掉妳「博士」的頭銜！「妳想想看，當妳上台時，有人會介紹說，我們歡迎『王碩士』上台嗎？」我問她。

王小姐對我笑笑，也搖搖頭。

「人家會介紹妳——我們歡迎『王博士』上台嗎？」我再問。

王小姐笑笑，對我點點頭。

「這就對了！人家會因你的努力，尊稱妳是『王博士』，沒有人會叫妳『王碩士』的！」

「可是，也有人拿了博士，還是找不到工作的呀！」

「對，那是別人！妳，難道對自己沒有自信嗎？憑妳，經驗這麼豐富，人脈也已建立那麼多，妳怎麼可能讓自己沒工作？別人是『宅男、宅女』，不懂得推銷自己，才找不到工作呀！」

王小姐聽了，眼眶泛紅地說：「我自己一直在教人家考托福、辦出國留學，自己卻一直沒有勇氣出國唸博士……戴老師，我如果出國，我必須要處理掉自己的公司、房子、車子……好麻煩、好棘手噢！」

的確，「割捨」是需要勇氣與行動的。可是，今天不去做，以後就會後悔呀！

「妳看，妳教別人考托福、辦出國留學，也激勵別人再進步，妳自己卻沒有勇氣再衝刺、再突破；有一天，妳幫過的學生都拿博士回來了，妳卻原地踏步，多麼可惜啊！」我說：「人不怕慢，只怕站……我在三專畢業時，就有朋友從美國拿碩士回來，很風光！可是，多年後，當我拿博士學位回來時，他也還只有碩士！人不怕老，只怕舊……人的心，如果舊了，不再有火熱洋溢、努力不懈的心，就會原地踏步。」

此時，王小姐的心情再度陷入掙扎與衝突。她坐在我沙發前茶几的地板上，雙唇

抿著，沒有說話。

「妳想想看，妳英語程度這麼棒，三年一定拿得到博士，到時候，是多麼風光啊！可是，妳不去，每天做例行的工作，三年後，還是現在的妳。」我拿起身邊我寫的書《機會，就在行動裡》，翻了目錄，對她說：「好，妳大聲唸這一段話給我聽！」

王小姐真的大聲地唸道：

人生要有「衝動」，去做讓自己進步的事！

「衝動，就是勇氣；勇氣，就是力量！」

正向的「衝動與勇氣」，

會改變自己一生的命運，令人眼睛為之一亮！

王小姐唸完這段話，安靜了許久。

真的，有能力、有才華的人，怎能讓自己一輩子甘於平凡呢？要「不甘平凡」，也要「有衝勁」去做讓自己更加成功的事啊！

「戴老師，聽你這麼一講，我應該好好考慮、積極再去唸博士！」王小姐眼淚真情地流了下來，繼續說：「有一天，我在美國大學畢業典禮上，我一定邀請你們兩位來參加，我要穿著博士袍，大聲地跟大家說，你們兩位是不斷鼓勵我，叫我不放棄、再努力加油的貴人……」

王小姐擦去「信心的淚水」，也按掉放在桌上錄我們談話的錄音機。**我相信，「怎麼想」、「怎麼說」都沒有用，只有「怎麼做」，認真去做，才是最真實、有用的！**

當天晚上，王小姐再度來電：「戴老師，我已經在補習班補 GRE，數學、邏輯都很難，但我相信，我一定能克服困難，我一定會成功……」

成就自我 教戰守則

舉世聞名的旅館業大亨希爾頓，有一天召集員工說話：「你們認為我們的飯店經營到今天，成效如何？」

有一員工說：「我們是世界上一流的飯店。」

希爾頓卻說：「可是，我覺得欠缺陽光。」

「不會啊，我們飯店每個房間都有陽光照射進來啊！」員工回答說。

「噢，不，我說的不是窗戶外的陽光，而是每一個工作人員臉上的陽光。」希爾頓說道：「假如我們每個工作人員都能以笑容來接待客人、服務客人，我們的飯店才是第一流、擁有陽光的飯店。」

人生在奮鬥過程中，總會面對壓力，可是，用勤奮、忍耐、勇敢，以及微笑來面對生命壓力，才能讓生命愈挫愈勇。

假如，自己有能力、有實力，卻自我設限，不願勇敢向前跨步，爭取更大的成就，那是多麼可惜。住在「舒適圈」裡，是一件安逸、愉悅、輕鬆的事；可是，住久了，人可能會懈怠、停滯，不再有衝勁啊！

●**勇敢追求自我成長，掌握人生航程**——生命過得精不精彩，完全由自己來決定、來創造。如果我們現在只有B，可以努力讓自己變成B^+或A^-，甚至成為A或A^+。別說不可能，我們總是憑著信心，勇敢為自己「鼓舞明天」啊！

●**人生路，自己走；學會自己決定、自己負責**——命運是不會遺傳的，命運是可以逆轉的。在求學過程中，多請教前輩、師長，然後依照自己的興趣與專長，學會勇敢決定自己該走的路；而「往壓力最大的地方走」，堅持到最後，常會出現甜美、勝利的果實。

●暫時的沉潛，厚植未來的工作實力——收起身上光芒，再學習、再進修、再充電，沉潛自己，有時常會有意想不到的收穫。回首一看，有時，很多人「捨不得」、「放不下」現有的成績，但，懂得割捨，為自己生命轉個彎，生命就會有「柳暗花明又一村」的璀璨。

●要有「大目標」，別做「大人物」；要「從容用心」，不要「匆忙用力」

——有些人的名片上印了一大堆頭銜，每天忙得焦頭爛額，可是太忙了，靜不下來，身體也變差了，甚至積勞成疾。從容用心地朝著大目標前進，

生活很有意義；匆忙用力，處心積慮地成為大人物，不一定能享受美好的人生。所以，學習「利他、感恩、謙虛」，也要勇敢、從容、用心地邁向自我美麗人生！

戴晨志快樂小集1
◎定價250元
我心環遊世界
用心賣力工作，
痛快暢遊世界！

晨志作品19
◎定價230元
不生氣，要爭氣！
幽默、感人的
「情緒智慧」故事

戴晨志作品20
◎定價230元
天天超越自己
秀出最棒的你！

戴晨志作品21
◎定價230元
超幽默，不寂寞！
風趣高手的溝通智慧

戴晨志作品22
◎定價230元
不看破，要突破！
扭轉命運靠自己

戴晨志作品23
◎定價230元
有實力，最神氣！
「A級人生」成功秘訣

戴晨志作品24
◎定價230元
讓愛飛進你的心
讓你感動不已的
溫馨故事

戴晨志作品25
◎定價230元
靠志氣，別靠運氣！
不被擊倒的信心與
勇氣

戴晨志作品26
◎定價230元
讓你成功的100個信念
不被擊倒的信心與
勇氣

戴晨志作品27
◎定價230元
勝利總在堅持後
教你如何力爭上游，反敗為勝

戴晨志作品28
◎定價230元
敢想、敢要、敢得到！
自信出招的致勝關鍵

戴晨志小品1
◎定價230元
幽默智慧王
爆笑幽默故事精選

戴晨志小品2
◎定價230元
看好自己
成就一生的激勵故事精選

戴晨志小品3
◎定價230元
超人氣溝通
魅力溝通的黃金法則精選

典藏高手作家

戴晨志

讓你天天開心 洋溢喜樂

戴晨志作品 1
◎定價250元
你是說話高手嗎？
教你如何展現說話魅力

戴晨志作品2
◎定價250元
你是幽默高手嗎？
教你如何展現幽默魅力

戴晨志作品3
◎定價250元
你是幽默高手嗎？2
教你展現幽默魅力，
透視說話心理

戴晨志作品6
◎定價250元
快樂高手
抛開憂悶偏見，
快樂泉源湧現！

戴晨志作品7
◎定價250元
男女溝通高手
轟轟烈烈談戀愛，
一定要懂得愛！

戴晨志作品9
◎定價230元
激勵高手
戰勝挫折，
讓夢想永不停航！

戴晨志作品10
◎定價230元
人際溝通高手
別忘天天累積
「人緣基金」哦！

戴晨志作品11
◎定價230元
激勵高手2
挑戰自我，邁向巔峰！

戴晨志作品12
◎定價230元
成功高手座右銘
改變你一生的
「智慧語錄」

戴晨志作品14
◎定價230元
新愛的教育
動人心弦的「愛與溝通」

戴晨志作品15
◎定價230元
口才魅力高手
教你展現說話迷人
風采！

戴晨志作品16
◎定價230元
圓夢高手
信念造就一生，
堅毅成就美夢！

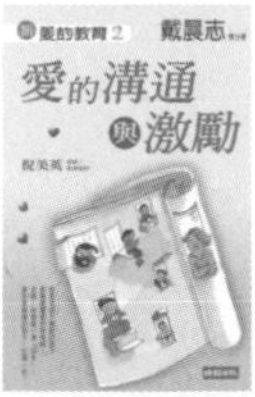

戴晨志作品17
◎定價230元
新愛的教育2
愛的溝通與激勵

戴晨志作品10
◎定價230元
眞愛溝通高手
愛情，需要溫柔、
愛心、耐心地經營！

戴晨志作品 CLZ0044

力量來自渴望

在最壞的時代，做最好的自己（暢銷十年經典改版）

作　者——戴晨志
編　輯——林菁菁
插　圖——川貝王京
攝　影——施啓元・柯曉東・許育愷・陳沛元
美術設計——翁翁・不倒翁視覺創意
董事長——趙政岷
出版者——時報文化出版企業股份有限公司
一〇八〇一九　臺北市和平西路三段二四〇號三樓
發行專線——（〇二）二三〇六六八四二
讀者服務專線——（〇八〇〇）二三一七〇五・（〇二）二三〇四七一〇三
讀者服務傳真——（〇二）二三〇四六八五八
郵撥——一九三四四七二四　時報文化出版公司
信箱——一〇八九九臺北華江橋郵局第九九信箱
時報悅讀網——http://www.readingtimes.com.tw
電子郵箱——newlife@readingtimes.com.tw
時報愛讀者粉絲團——http://www.facebook.com/readingtimes.2
法律顧問——理律法律事務所　陳長文律師、李念祖律師
印　刷——金漾印刷有限公司
增訂三版一刷——二〇一九年四月三日
增訂三版三刷——二〇二二年九月五日
定　價——新台幣三二〇元

時報文化出版公司成立於一九七五年，
並於一九九九年股票上櫃公開發行，於二〇〇八年脫離中時集團非屬旺中，
以「尊重智慧與創意的文化事業」爲信念。

力量來自渴望：在最壞的時代，做最好的自己／
戴晨志作. -- 增訂二版. -- 臺北市：時報文化，
2019.4
面；　公分. --（戴晨志作品；44）

ISBN 978-957-13-7779-7(平裝)

855　　108005001

ISBN 978-957-13-7779-7
Printed in Taiwan